Ebner-Esch

Marie von Ebner-Eschenbach

Lotti, die Uhrmacherin

Herausgegeben von
Marianne Henn

Philipp Reclam jun. Stuttgart

Universal-Bibliothek Nr. 7463

Gesamtherstellung: Reclam, Ditzingen. Printed in Germany 1999

ISBN 3-15-007463-0

Lotti, die Uhrmacherin

1

Fräulein Lotti war soeben erwacht. Die Repetieruhr, die an einem zart geschweiften Schnörkel am rechten Kopfende des altertümlichen, reich geschnitzten Bettes hing, schlug mit zartem Klange sechsmal an. Gleich darauf begann die deutsche Stockuhr, eine solide Arbeit Meister Anton Schreibelmeyers, von der Kommode am Pfeiler aus, die Morgenstunde zu verkünden. – Auf! auf! befahl ihre gebieterische Stimme, an die Arbeit! der Tag beginnt! – Ihre Glocken hatten kaum ausgezittert, als auch schon die französische Wanduhr, in aller Bescheidenheit, eilig und leise zu melden begann: Sechs! sechs! gehorsamst zeig ich's an.

Eine kleine Pause – und am linken Kopfende des Bettes erhob das Seitenstück der Repetier-, eine Spieluhr, ihre Silberstimme und gab ein Schäferliedchen zum besten, so lieblich, als hätten kleine Engel es gesungen.

Mit unendlichem Wohlgefallen lauschte das Fräulein dem Konzerte, das ihre Uhren abhielten, und hätte in den Schlußgesang beinahe mit eingestimmt, so fröhlich war ihr zumute. An dem Lichte, das durch die herabgelassenen Vorhänge in das Zimmer drang, erkannte sie, daß es heute einen schönen Tag gebe – war das nicht genug, um den reichen Quell von Heiterkeit in ihrer Seele zum Überströmen zu bringen?

Sie stand auf und kleidete sich an; sehr sorgfältig zwar, aber ohne dabei mehr, als durchaus nötig war, in den Spiegel zu sehen, denn – sie war sich kein angenehmer Anblick. Die Zeit, in welcher sie ihren Mangel an Schönheit gar schmerzlich und fast wie eine Schmach empfunden, war freilich vorbei. Jetzt, mit fünfunddreißig Jahren als ehrenfeste alte Jungfer, hatte sie längst aufgehört, ihr Äußeres gehässig anzufeinden, aber so ganz erloschen war das letzte Fünkchen Eitelkeit in ihrem Frauenherzen doch nicht, wenn es sich auch nur in dem Gedanken aussprach: Es ist ein Glück, daß ich anderen anders vorkomme als mir selbst, sonst könnte mich niemand leiden.

Nach beendeter Toilette begab sie sich aus dem Schlaf- in das Wohnzimmer. Es war ein trauliches Gemach, dessen Fenster auf einen kleinen Platz sah – einen sehr kleinen, denn er wurde von nur vier Häusern gebildet; doch war er luftig und hell und gewährte den Anblick eines beträchtlichen Stückes Himmel, was gewiß kein geringer Vorzug war. Es will etwas heißen, im Herzen der Zivilisation zu wohnen, im Mittelpunkt der Hauptstadt, tausend Schritte vom Dome, den zu sehen viele Leute tausend Meilen weit hergezogen kommen, und dabei von seinem Fenster aus Wetterbeobachtungen fast wie Knauer und das Studium des Sternenlaufes fast wie ein Chaldäer betreiben zu können, Wolken und Vögel ziehen und der Sonne und dem Mond ins Gesicht zu sehen.

Dieses Stück Himmel, obwohl – nur aus einem Fenster sichtbar, erhellte dem Fräulein die ganze im übrigen ziemlich finstere Wohnung und ließ ihr das Erklimmen der drei Stockwerke, die zu derselben hinaufführten, als eine höchst anmutige Promenade erscheinen, weniger beschwerlich als eine Bergbesteigung, und beinahe ebenso lohnend.

Aber nicht nur der Himmel über dem Platze, auch die Häuser auf dem Platze und die Menschen, die in ihnen wohnten, nahmen das Interesse Fräulein Lottis in Anspruch. Die Fenster des gegenüberliegenden Hauses, das den Platz gegen Osten in einem stumpfen Winkel abschnitt, glänzten schon im Sonnenschein. Bei den reichen Leuten in der Beletage sind die Gardinen noch nicht aufgezogen; dort schläft man in den Tag hinein, sieht den Himmel nie in seinem ersten, sanft umflorten Blau, in seiner duftigsten Schönheit. Im dritten und vierten Stock hingegen gibt's freien Eintritt für Licht und Luft des goldenen Maimorgens.

Auf den Mauervorsprüngen der beiden Häuser nebenan trippeln dicke graue Tauben in großer Aufregung. Sie warten voll Ungeduld auf das Frühstück, das ihnen Lotti auf das Fenstergesimse zu servieren pflegt. Kaum weniger gespannt als sie, sehen noch andere Geschöpfe dem anziehenden Schauspiel der Taubenfütterung entgegen. Es sind die nächsten Nachbarn des Fräuleins, und sie gehören zu ihren Bekannten, wenn auch nicht zu ihrem Kreise. Der Nachbar zur Linken erhält ihren ersten Gruß, dann kommen die Nachbarn zur Rechten. Jener, ein gebrechliches Männchen, engbrüstig und kahl, das Urbild eines alten Damenschneiderleins, diese, drei frische Jungen, mit runden, dank der frühen Morgenstunde sauber gewaschenen Gesichtern. Prächtige Bursche, noch zu jung für die Schule und doch beinahe schon der weiblichen Zucht entwachsen; mit Worten wenigstens richtet die Mutter nichts mehr bei ihnen aus, obwohl sie dieselben nicht spart, die brave Frau. Der Mann und Vater hat seine Werkstätte nebenan in den Hof hinaus und plagt sich an der Drehbank vom Morgen bis zum Abend. Er ist Pfeifenschneider, aber im Rohre scheint er nicht zu sitzen und Überfluß hat er nur an Kindersegen. Die drei Erstgeborenen haben angefangen, sich um den besten Platz am Fenster zu balgen, die Mutter tritt unter sie, ein zweijähriges Mädchen auf dem Arme, zieht den Pantoffel vom Fuße und schlägt wacker auf die Buben los. Der Pantoffel fällt, gleich der Hand des Schicksals, ohne Unterschied auf das Haupt des Gerechten wie des Ungerechten, und bald herrschen Ruhe und Frieden. Die neuen Horatier liegen still nebeneinander im Fenster und beobachten die grauen Tauben, mit innigstem Verständnis für ihre Rauflust und ihren guten Appetit.

Die Aufmerksamkeit des Schneiderleins hingegen ist auf das Fräulein gerichtet. Das braune Mohairkleid, das seine Gönnerin heute zum erstenmal angetan hat, ist seiner

Hände selbsteigenes Werk. Der Schnitt hat sich seit wenigstens zehn Jahren als vortrefflich bewährt, und genäht und ausgefertigt ist das Kleidungsstück mit einer Sorgfalt, die ihresgleichen sucht. Alles solid und geschmackvoll. Der Rock so faltenreich, die Taille weder zu lang noch zu kurz, sondern gerade dort angebracht, wo der liebe Gott sie hingesetzt hat. Sie wird von einem breiten Gürtelband umgeben, aus reiner Seide, fein, weich und dauerhaft. Aus demselben Stoffe bestehen auch die Biais, die den Kragen und die enganliegenden Ärmel schmücken. Von den letzteren heben sich die glatten Manschetten, welche das Fräulein zu tragen pflegt, gar schön ab, und diese bilden die schneeweiße Einfassung der zarten schlanken Hände. Ach, diese Hände! das Schneiderlein vermag sie niemals ohne innere Rührung zu betrachten. Sie waren das erste, was er erblickte in jenem unvergeßlichen Momente, in dem er die Augen aufschlug, die er für immer geschlossen zu haben meinte, freiwillig geschlossen, nach schwerem, entsetzlichem Kampfe. Der Alte besinnt sich nur noch wie eines bösen Traums des hoffnungslosen Elends, das ihn zu einer Tat der Verzweiflung getrieben; er hat die Ursache fast vergessen und begreift ihre Wirkung nicht mehr. »Ich muß wahnsinnig gewesen sein!« sagt er jetzt, wenn er der Stunde gedenkt, in welcher er sein kleines Töchterchen zu sich gerufen, Tür und Fenster desselben Zimmers, das er heute noch bewohnt, verriegelt und das Kohlenbecken entzündet hat.

Damals hatte der Zufall Fräulein Lotti zur Retterin des armen Schneidermeisters gemacht, ihre Güte machte sie zu seiner Beschützerin. Nachdem er unter ihrer Pflege gesund und wieder erwerbsfähig geworden, sammelte sie allmählich für ihn einen kleinen Kundenkreis. Der Schneider befand sich jetzt in guten Verhältnissen, war sogar imstande, einen Sparpfennig zurückzulegen. Er hätte das ruhigste Leben gehabt, wenn nur die revolutionären Ideen seiner Tochter nicht gewesen wären. Aber die Leopoldine, ein ehrgeiziges junges Ding, ein Feuerkopf, hatte an den Arbeiten des Vaters immer etwas auszusetzen und schwärmte, zu seinem Grauen und Entsetzen, für die unsinnigsten, lächerlichsten, abscheulichsten Moden, nämlich für die neuesten.

Soeben haben sie wieder einen scharfen Streit gehabt und sitzen jetzt einander gegenüber im Fenster und nähen an einer schwarzen Seidenmantille mit einem Eifer, den ihr nicht ganz ausgebrauster Zorn beflügelt. Die Mantille braucht erst morgen fertigzuwerden, wird es aber gewiß heute noch, wenn die Furie anhält, mit der Vater und Tochter die Nadel führen.

Inzwischen hat sich das Dachfenster über der Schneiderwerkstätte geöffnet; eine Frau und eine Katze sind an demselben erschienen, beide wohlgenährt und weißhaarig. Die Katze schleicht zur Morgenpromenade auf das Dach hinaus, bleibt öfters stehen und wirft begehrliche Raubtierblicke nach den Tauben, die von Fräulein Lotti gefüttert werden. – Wer eine von euch erwischen könnte! denkt sie. Saubere Weltordnung, in der wir leben! – Gäb's eine Gerechtigkeit – ich hätte Flügel!

Frau Katze schüttelt den Kopf, schließt die Augen, leckt die fadendünnen Lippen und gähnt wie ein Tiger.

Ihre Gebieterin hakt den Fensterflügel ein, damit die Spaziergängerin bequem eintreten könne, wenn es ihr genehm sein würde heimzukehren. Die Rückkunft ihres Lieblings kann die Bewohnerin der Dachstube nicht abwarten, sie muß an ihren Posten, in den kleinen Laden im Durchhause nebenan, wo sie im Winter altgebackenes Brot, im Sommer auch Obst feilbietet und zu allen Jahreszeiten Näschereien, die ihre Katze verschmähen würde, die aber an den Schulkindern beharrliche Abnehmer finden.

Fräulein Lotti sandte bereits viele Grüße zu der dicken Frau empor, die so freundlich aussah wie des Teufels Großmutter und sich's lange überlegte, bevor sie mit einem kaum merkbaren Nicken dankte. Aber auch damit ist Lotti zufrieden. An Zuvorkommenheit von Seite der Frau Brotsitzerin wurde sie nie gewöhnt und hat auch kein besonderes Herzensbedürfnis danach. Sie wünscht nur, konservativ wie sie einmal ist, daß alles beim alten bleibe und daß sie sich täglich sagen könne, was die Potentaten jährlich einmal in ihren Thronreden sagen: »Unsere Beziehungen zu den Nachbarstaaten sind die freundschaftlichsten.«

2

Lotti schloß ihren unersättlichen Tauben das Fenster vor den Schnäbeln zu und zog sich in das Zimmer zurück. Auf einem Tischchen, in der Nähe des Kamins, hatte Agnes, die goldene Säule des kleinen Haushalts, schon alle Vorbereitungen zum Tee getroffen. Lotti begann nun, ihn zu bereiten. Dabei musterte sie ab und zu ihr Stübchen mit wohlgefälligen Blicken.

Je länger sie es bewohnte, desto gemütlicher erschien es ihr, desto mehr mußte sie selbst die geschickte Benützung des Raumes bewundern, die es möglich gemacht, so viele Tische, Schränke und Schränkchen in dem schmalen Zimmer unterzubringen. Sehr frei bewegen konnte man sich darin freilich nicht, am wenigsten dann, wenn zufällig mehrere Schranktüren zu gleicher Zeit offenstanden. Doch – was lag daran? Lotti empfing ja keine Gäste, hatte auch für solche nicht vorgesorgt. Außer dem Fauteuil, den sie bei ihren Mahlzeiten benützte, war nur noch ein Sitzmöbel vorhanden, ein altdeutscher, geschnitzter Holzsessel, ein wahrer Ausbund von Schwerfälligkeit. Er überragte, kaum beweglicher als ein Berg, einen Arbeitstisch, auf dem mehrere zerlegte Uhrwerke unter Glasglocken und alle erdenklichen

Uhrmacherwerkzeuge lagen. Auf der linken Seite des Fensters, in der dunklen Ecke, welche das Zimmer dort bildete, befand sich ein großer, bis an die Decke reichender Schrank. Der glich einer gotischen Kapelle, war aber ein Schreibtisch, sehr schön, sehr merkwürdig und sehr unbequem – der Schreibtisch einer Person, die nicht schreibt. Um so zweckmäßiger war der niedrigere Bücherschrank, der den größten Teil der Längenwand, dem Eingange zu Agnesens Zimmer gegenüber, einnahm. Schlanke Säulen mit korinthischen Kapitälchen verzierten die Glastüren des Aufsatzes, hinter dessen blanken Scheiben eine sehr gemischte Gesellschaft friedlich beisammen wohnte.

Da standen Schillers Werke in einem Bande, im allerdings ziemlich abgenützten Prunkgewand aus rotem Saffian, neben zwei kleinen dicken Büchlein in schweinsledernen Schlafröckchen, den Mémoires du Maréchal de Bassompierre. Goethes Benvenuto Cellini hatte zwei ganz unähnliche Nachbarn, Dom Jacques Martins Histoire des Gaules und ein ehrwürdiges Inkunabel: Unser lieben frawen psalter, gedruckt zu Augspurg. Von Luca Zeissclmair. Am mitwoch nach Jakobi. In dé iar als man zelet 1495. Gibbons Geschichte des Verfalles des römischen Reiches blickte gnädig auf den Herrn Quintus Fixlein herab, Krummachers Parabeln lehnten sich mit naiver Zutraulichkeit an die Annalen des Tacitus. Lessings Laokoon war durch ein Versehen mitten hineingeraten zwischen den Barometermacher auf der Zauberinsel und die Familie von Halden; Prinz von Gotland, der Bramarbas und Himmelstürmer, hielt sich ruhig neben dem weisen Pascal. Viele Klassiker der Weltliteratur, alte und neue, fanden sich durch irgendein Hauptwerk vertreten; vollständig vorhanden jedoch waren alle Lehrbücher der Uhrmacherkunst. Ihre lange majestätische Reihe wurde durch Hieronymus Cardani (1557) eröffnet und schloß mit M. L. Moinets Traité géneral d'Horlogerie.

Kein einziges von allen diesen Büchern war seiner Eigentümerin ganz fremd, mit manchen stand sie auf dem vertrautesten Fuße, und gerade in diese vertiefte sie sich mit dem größten Vergnügen immer von neuem. Denn, meinte sie, ein schönes Buch nicht wiederlesen, weil man es schon gelesen hat, das ist, als ob man einen teuren Freund nicht wieder besuchen würde, weil man ihn schon kennt.

Übrigens – ein gutes Buch, einen guten Freund, die lernt man nicht aus. Ein weises Buch ist ebenso unergründlich wie ein großes Menschenherz.

Viele dieser Werke besaßen außer ihrem eigenen auch noch einen besonderen, für Lotti unschätzbaren Wert. Sie waren mit Randbemerkungen von der Hand eines Mannes versehen, der ihr unter allen Lebenden am Höchsten gestanden – ihres Vaters.

Sie meinte ihn sprechen zu hören, wenn sie die kurzen zierlich geschriebenen Sätze, Früchte reiflicher Überlegung und solider Fachkenntnis, überlas.

Meister Johannes Feßler hatte nicht zu den Leuten gehört, die einen Gedanken deshalb schon für gut halten, weil er in ihrem Kopf entstanden ist. Das Handwerk, das er ein halbes Jahrhundert hindurch getrieben, hatte ihn gelehrt, dreißig »vielleicht« und »ich glaube« leichter auszusprechen als ein »so ist's«, oder ein »das steht fest«.

Ein gewissenhafter Uhrmacher, wie er gewesen, ein Mann, der so oft erfahren hatte, daß am Ende einer Reihe scheinbar richtiger Schlüsse ein Irrtum lauern kann, der hütet sich wohl, leichtsinnig Behauptungen aufzustellen. Dafür haben die seinen aber auch bei allen Leuten, die es verstehen, einen Ausspruch auf dessen Feingehalt an Wahrheit zu prüfen, ihr gehöriges Gewicht.

Aus den Randglossen des Meisters ließ sich erkennen, wie ernst es ihm war mit seinem Beruf und welche Liebe er für denselben gehegt. Man sah es wohl, was er auch gelesen hatte, wie sehr ein Buch seine Aufmerksamkeit gefesselt haben mochte, seines Handwerks hatte er dabei nie vergessen. Niemals war ein bemerkenswertes Ereignis in der Geschichte der Menschen zu seiner Kenntnis gekommen, ohne daß er gesucht hätte, es mit einem ebensolchen in der Geschichte der Uhren in Verbindung zu bringen. So befand sich zum Beispiel in einem historischen Werke, an einer Stelle, wo die Rede war vom Tode Kaiser Rudolfs von Habsburg, von Feßlers Hand die Anmerkung: In demselben Jahre erhielt die Kirche von Canterbury eine Schlaguhr, für welche dreißig Pfund Sterling bezahlt wurden. Weiter, als der Goldenen Bulle Erwähnung geschah, hatte der Meister seinerseits erwähnt: Gleichzeitig ehrte die Stadt Bologna sich selbst, indem sie die erste öffentliche Uhr aufstellen ließ. – Noch weiter: Eduard III. entsagt seinen Ansprüchen auf den französischen Thron – und – fügte Feßler hinzu – erteilt dreien Uhrmachern aus den Niederlanden Schutzbriefe, damit sie nach England kommen können. Anno 1368. In demselben Geschichtswerke war der Beiname König Karls V., der Weise, nachdrücklich unterstrichen und daneben stand: Muß, wie der gleichnamige große deutsche Kaiser, eine besondere Freude an den Werken der Uhrmacherkunst gehabt, ja vielleicht selbst dabei Hand angelegt haben. Der berühmte Meister Jouvence hätte sich sonst schwerlich erlaubt, eine seiner Uhren mit der Inschrift zu versehen:

Charles le Quint, Roi de France
Me fit par Jean Jouvence.

Der nämliche weise König ließ auch (1364) Herrn Heinrich von Wick nach Paris kommen, wo dieser eine Uhr für den Turm des königlichen Schlosses verfertigte. Er erhielt Wohnung in demselben Turm und eine Besoldung von sechs Sous täglich. –

Noch andere Randglossen machten darauf aufmerksam, daß Luther seine Bibelübersetzung zu derselben Zeit geschrieben hat, zu welcher Peter Hele, Andreas Heinlein und Caspar Werner in Nürnberg die ersten Taschenuhren zustande brachten, daß im Jahre des Unterganges der spanischen Armada Andreas Landek, Schüler Abraham Habrechts und Verfertiger der ersten Kirchenuhr in Nancy, zu Wertheim in Franken geboren wurde; daß Anno 1690 – glorreichen Andenkens für Deutschland wegen der Gründung der Universität Halle, und für Frankreich wegen der Siege Luxemburgs, Catinats und Tourvilles – in Paris, wo bisher nur kleine Taschenuhren beliebt gewesen, plötzlich sehr große in die Mode kamen ... Und so weiter! noch viele wichtige und höchst seltsame Zusammenstellungen, die jedem, der ein Herz hat für die Uhrmacherei, gar viel zu denken geben.

Was ihm selbst dabei eingefallen, hatte Meister Johannes niemals verraten, sehr oft aber sein Bedauern darüber ausgesprochen, daß er nur ein ungelehrter Mann war und nicht imstande, eine ausführliche und genaue Geschichte der Entwickelung der Uhrmacherkunst zu schreiben. Das beste Material, das es geben kann – wenigstens zu einem Hauptzweig eines solchen Werkes –, besaß er selbst. Er hatte im Laufe seines langen Lebens eine Sammlung von Taschenuhren zusammengebracht, wie sie vor ihm so vollständig und lückenlos schwerlich ein Privatmann (Herrn Asthon Levers ausgenommen, das versteht sich!) besessen haben dürfte. Lauter seltene und auserlesene Exemplare, jedes der Vertreter einer eigenen Gattung, jedes wertvoll an und für sich und doppelt wertvoll als Teil des Ganzen, zu dem es gehört. Wäre diese Sammlung bekannt, sie wäre gewiß auch berühmt geworden, sie hätte die Bewunderung aller Kenner erwecken müssen. Aber dem Meister Johannes war um Berühmtheit gar nicht zu tun, und was die Bewunderung betrifft, die ihm eigentlich ganz recht gewesen wäre – wer hört nicht gern loben, was er liebt? –, so hat sie doch meistens Neid und Verlangen in ihrem Gefolge, die Feßler um keinen Preis zu erwecken wünschte. Er freute sich im stillen an seinem Schatze, was nicht heißen soll, daß er sich allein daran freute. Es gab zwei Getreue, die keine anderen Interessen kannten als die seinen, für die sein Wort das Evangelium war, sein Beifall das Ziel aller Wünsche, seine Zufriedenheit das höchste Lebensgut. Die beiden waren seine Tochter Lotti und sein Ziehsohn Gottfried. »Meine Gesellen« nannte er sie in ihrer Kindheit, und später mit Stolz »meine Gehilfen«. Endlich schien ihm auch diese Bezeichnung nicht mehr ehrenvoll genug, und er sprach sie niemals aus, ohne sich dabei in Gedanken zu verbessern: Ich sollte eigentlich sagen: Meine Berufsgenossen ... solche noch dazu, die im besten Zuge sind, mich zu überflügeln.

Daß sie es doch möchten, und recht bald, und recht weit – sein liebster Traum wäre erfüllt. Aber nicht allein dieser, jeder Traum von Erfolg und Glück, den er für seine Kinder im treuen Vaterherzen hegte, schien in Erfüllung gehen zu wollen. Ihr Lebensweg lag so glatt geebnet vor ihnen, sie waren so ganz geschaffen, die Bahn, die das Schicksal ihnen vorgezeichnet, eines auf das andere gestützt, ohne Abirrung, ohne Wanken und Straucheln zu verfolgen. Sie waren beide brav und talentvoll, hatten ein und dasselbe geistige Interesse und dienten ihm mit dem gleichen Eifer. Niemals war ihre Einigkeit getrübt worden. Von dem Augenblick an, in welchem Feßler den kleinen Gottfried, den Sohn eines in der Fremde verstorbenen Verwandten, in sein Haus aufgenommen, hatte sich dieser, so jung er selbst war, zum Beschützer des noch jüngeren Mühmchens aufgeworfen. Gottfried war völlig verwaist, Lotti hatte vor kurzer Zeit ihre Mutter verloren.

Die beiden Kinder wuchsen munter heran. Er wurde ein kräftiger, ernster Jüngling von nachdenklichem, etwas zurückhaltendem Wesen, sie ein hochaufgeschossenes, schlankes Mädchen, verständig, sanft, und dabei immer lustig und guter Dinge. Sie bewunderte und verehrte ihren Vetter und fürchtete seinen Tadel mehr noch als den ihres Vaters. Ihren ersten großen Schmerz erfuhr sie, als Gottfried nach London geschickt wurde, um dort seine Lehrjahre durchzumachen. Er selbst hatte die Stunde der Abreise kaum erwarten können, aber als sie herankam, war sie so düster und leidvoll, wie sie aus der Ferne licht und freudig geschienen. Lotti schluchzte bitterlich. Der frohe Mut, mit dem sie bisher der Trennung von ihrem Jugendgespielen entgegengesehen, war plötzlich verschwunden, sie wollte nicht mehr begreifen, warum er denn fort müsse und wie es sich ohne ihn leben lassen solle.

Feßler jedoch bestand auf seinem Sinn. Er umschloß seine beiden Kinder in einer Umarmung, dann trennte er sie sanft: »Leb wohl, Gottfried«, sagte er, »in drei Jahren bist du wieder bei uns. Geh, lieber Sohn. Im Vaterlande eines Harrison« – in seinen feuchten Augen leuchtete es begeistert auf –, »eines Mudge, eines Arnold müssen unsere künftigen Meister leben. Wenn du heimkommst, werde ich von dir lernen.«

Allein dieses Wort sollte nicht zur Wahrheit werden. Als Gottfrieds Lehrzeit um war und er nach Hause zurückkehrte, behauptete er, bei seinen neuen Meistern nichts so gut gelernt zu haben, als seinen alten Meister und dessen Kunst zu schätzen. So berühmt jene auch seien, so teuer ihre Arbeiten bezahlt werden, Feßler dürfe sich mit dem Größten von ihnen messen. Eines nur verstände auch der Geringste unter allen besser, nämlich seine Geschicklichkeit geltend zu machen und zu verwerten. Diesen Vorwurf wies Feßler lächelnd zurück. Beehrten ihn die vorzüglichsten Uhrmacher nicht mit ihren Bestellungen? zögerten sie, ihren Namen in eine Uhr schreiben zu lassen, die aus seinen Händen kam?

Aber Gottfried schüttelte den Kopf und meinte, das sei es eben, was ihn kränke. – »Ihr Name auf deinem Werk! wo steht denn der deine? Wer kennt dich? wer weiß etwas von dir! ... Was hast du von deinen unvergleichlich schönen und genauen Arbeiten?«

»Die Freude, sie zu machen!« war die Antwort Feßlers, und das Herz schwoll ihm vor Wonne über die Anerkennung, die sein weitgereister Sohn ihm zollte.

Die kleine Familie verlebte damals eine herrliche Zeit. Eine Zeit voll beseligenden Friedens und erfolgreicher Tätigkeit. Feßler war mit der Vollendung eines Chronometers beschäftigt, den er selbst für sein bestes Werk hielt. Gottfried lieferte dazu eine Kompensationsunruhe von so einziger und zarter Ausführung, daß Meister Johannes bei ihrem Anblick laut ausrief: »Unübertrefflich!« – Dieses Lob hatte er noch nie einer Leistung gespendet, die aus seiner Werkstatt hervorgegangen war. Lotti hingegen gelang es, eine höchst merkwürdige und komplizierte Taschenuhr aus dem 16. Jahrhundert in Gang zu bringen. Es bedurfte dazu außerordentlicher Geschicklichkeit, unsäglicher Geduld – aber welche Freude, als sie belohnt wurden und das seltsame kleine Ding seine abenteuerlich geformten Räder in Bewegung zu setzen begann. Feßler und Gottfried lachten, staunten, bewunderten; das Herz des jungen Mädchens pochte vor Entzücken ... Ja, es war eine herrliche Zeit! – warum mußte sie so rasch vergehen? Warum mußten ihr, die so erfüllt war von stillem und harmlosem Glück, Tage folgen voll Pein und Qual? Böse Tage, in denen die fleißigen Hände Lottis ruhten, aus ihrer Seele jedoch die Ruhe gewichen war. Tage, in denen alles, was sonst ihr Leben erhellte, ihr gleichgültig geworden, und das Leben selbst – eine Last.

3

Diese schreckliche Zeit war nun längst vorüber; doch hielt Lotti die Erinnerung an sie in ihrer Seele wach. Sie wollte nicht vergessen, daß auch ihr ein gehöriges Maß an Leid und Enttäuschung zugeteilt worden, sie wäre sich sonst im Vergleich mit anderen Menschenkindern ungerecht bevorzugt erschienen. Wie vielen wird es denn so gut, mit ihr sagen zu können: Ich habe das Leben, das ich brauche!

Ihrer alten Beschäftigung, zu der sie zurückgekehrt war, verdankte sie täglich neue Freude, verdankte ihr Frieden, Frohsinn und Unabhängigkeit. Wäre ihr Vater nur noch dagewesen, um dies alles mit ihr zu genießen! Aber leider, Meister Johannes ruhte schon seit geraumer Zeit in der kühlen Erde.

Er hatte keine Mühseligkeit des Alters kennengelernt; niemals hatten ihm Auge und Hand bei Ausführung der Gedanken seines erfinderischen Kopfes ihre Dienste versagt. Wohl waren seine Haare weiß geworden, hatten seine Wangen sich entfärbt, aber aus seinen klaren Zügen leuchtete der Glanz einer unverwelklichen Jugend. Die Jugend des mit Bewußtsein Werdenden. Unermüdlich strebend und lernend, hatte er sich nicht Zeit genommen, recht zu überlegen, wieviel er schon erstrebt und erlernt – da plötzlich, ohne auch nur einen seiner Vorboten geschickt zu haben, trat der Tod an ihn heran.

Und jetzt, im Angesicht der ewigen Trennung, fiel dem Meister der Gedanke schwer aufs Herz, daß er seine Tochter fast mittellos in der Welt zurücklassen müsse. Er hätte ihr so leicht eine behagliche Wohlhabenheit sichern können! – Vor einem Jahre noch fand sich die beste Gelegenheit dazu, da bot ein reicher Kenner, der sich in die Uhrensammlung Feßlers vernarrt hatte, eine Summe dafür, eine lächerlich hohe Summe, wahrhaftig ein Vermögen. Allein

Johannes hatte nicht einmal geschwankt, war ruhig dabei geblieben: »Die Uhren sind mir nicht feil.«

Über diesen Leichtsinn, diese törichte Selbstsucht machte er sich in seiner letzten Stunde bittere Vorwürfe und bat noch sterbend seinen Sohn Gottfried, jenen abgewiesenen Käufer aufzusuchen und ihm zu melden, die Sammlung, nach welcher er so heißes Verlangen trage, stehe ihm nun zur Verfügung. Lotti jedoch erklärte, daß sie ebenso gern ihre Seele verkaufen ließe wie diese Uhren.

So blieben sie denn in ihrem Besitze, wenn auch nicht ohne manchen harten Kampf. Die Sammlung Meister Feßlers war allmählich doch in einem Kreise von Kennern und Liebhabern zu dem ihr gebührenden Rufe gelangt. Es fehlte nicht an zudringlichen Leuten, die trotz der standhaften Zurückweisungen, die sie erfuhren, immer wieder erschienen, immer neue Bewerbungen anstellten, immer glänzendere Anerbietungen machten. Das war denn oft herzlich langweilig, trug aber nur dazu bei, die Liebe, welche Lotti für ihre Uhren empfand, noch zu erhöhen. Sie hörte niemals auf, ihnen ihre Sorgfalt angedeihen zu lassen, und wenn es noch soviel zu tun gab und wenn die Zeit noch so sehr drängte, ging sie nicht an ihr Tagewerk, ohne ihren Uhren einen Besuch abgestattet zu haben. Hätte sie das jemals unterlassen müssen, die rechte Begeisterung, die rechte Lust zur Arbeit hätte ihr gewiß gefehlt.

Auch heute war sie an das Schränklein getreten, das in der Ecke stand neben der Schlafzimmertür, dem großen Schreibtisch gegenüber. Eben fiel ein Sonnenstrahl schräg durch das Fenster auf das Kästchen, auf Lottis Hände, und als sie die erste Lade öffnete, schlupfte er sogleich hinein. Prächtig war's, wie er die kleinen ehrwürdigen Meisterwerke beleuchtete, welche darin auf einem Bettlein von purpurrotem Sammet lagen.

Die glatten Gehäuse aus Messing, Kristall, Silber und

Gold und die reich verzierten und die durchbrochenen, und in dieser die sorgfältig geputzten, polierten und wieder zusammengesetzten Werke erglänzten und gaben dem leuchtenden Strahl des Lichtes, der sie in ihrer Verborgenheit und Ruhe besuchen kam, seinen Gruß zurück. Das war Lade Nummer eins!

Sie enthielt drei sogenannte »lebendige Nürnberger Eier« und drei »Halsvrln«. Kein einziges Stück jünger als dreihundert Jahre, manches noch älter und gerade die ältesten von der künstlichsten Beschaffenheit. Was wollten sie nicht alles können, diese kleinen Maschinen, was trauten sie sich nicht zu? Sie begnügten sich keineswegs damit, die bürgerlichen Stunden anzuzeigen und zu schlagen und den Schläfer zu wecken, wann immer es ihm beliebte, auch den Wochen- und Monatstag verzeichneten sie, kontrollierten die Aspekte und Phasen des Mondes und behaupteten, den Stand der Sonne nachweisen zu können. Sie wandten den Himmelszeichen ihre Aufmerksamkeit zu, wußten Auskunft zu geben über die Sternzeit und nahmen Notiz vom türkischen Kalender ...

Wahrhaftig, die braven Männer, denen sie ihre Entstehung verdankten, hatten sich Schweres vorgesetzt – und mit wie geringen Mitteln gedachten sie es zu erreichen! Mit Spindelechappements – mit Löffelunruhen, deren kläglich humpelnder Gang von einer Schweinsborste reguliert wurde! Sie verfertigten alle Räder aus Eisen, und von einer Schnecke war ihnen nicht einmal die Ahnung aufgekommen.

Aber – so ärmlich ihre Kunst, so reich war ihr Vertrauen. Sie wußten – das heißt, sie glaubten, und weil sie glaubten, wußten sie –, daß Schwäche zur Stärke erwachsen kann, wenn nur der rechte Segen auf ihr ruht. Kühn und demütig zugleich riefen sie die Hilfe desjenigen herbei, dem nichts unmöglich ist, und stellten die Werke ihres Fleißes unter seinen allmächtigen Schutz, empfahlen sie auch wohl der Fürsprache der Mutter Gottes oder eines vornehmen Heiligen. Einer der alten Meister hatte in den Boden des Federhauses, das die Kraft umschließt, von welcher alle Bewegung ausgeht, die das ganze Getriebe gleichsam beseelt, den Namen Jesu eingegraben. Von einem andern war aus dem feingeschnittenen, prächtig ornamentierten Monogramm der heiligen Jungfrau Maria der Schutzdeckel des Zifferblattes gebildet worden. Auf der Innenseite des Gehäuses standen die Worte eingraviert:

Kasper Werner hat mich gemacht
Vnd der heiligen Jvngfrav dargebracht
Da · man · zelt · 1541.

Immer reichere Schätze gelangten zum Vorschein, als Lotti ein Lädchen nach dem andern öffnete und schloß. Taschenuhren in allen Formen und Gestalten, achteckig, rund, oval, elliptisch, sternförmig, in Gehäusen aus Gold und Silber, aus Smaragd, Rauchtopas, Bergkristall. Unter andern gab es eine Uhr in Kreuzform, mit dem Augsburger »Stadtphyr«, »Wardein- und Wichszeichen« versehen. Das Gehäuse, das Zifferblatt und der innere Deckel waren mit Darstellungen des Leidens Christi bedeckt, die dem besten Künstler zur Ehre gereicht hätten. Leider fehlte das Meisterzeichen. Aber mit Blindheit hätte man geschlagen sein müssen, um nicht sogleich zu erkennen, daß die prächtige deutsche Arbeit aus der Zeit Kaiser Rudolfs II. stammte und vermutlich von Hans Schlotheim hergestellt worden war.

Über den Ursprung ihrer nächsten Nachbarin, gleichfalls kreuzförmig, mit Gehäuse aus einem Stück Rauchtopas, konnte kein Zweifel obwalten. Ihr Schöpfer hatte sie nicht namenlos in die Welt geschickt, sondern neben dem Stellungsrade brav und deutlich sein »Conrad Kreizer« eingeschrieben.

Eine ganze Schar anmutiger Französinnen folgte. Köstliche Ührchen, geschmückt mit Emailmalereien von den Brüdern Huaut, oder mit erhaben geschnittenen Blumen, mit buntem Blattwerk, mit durchbrochenen Arabesken aus vielfarbigem Golde. Die Sammlung enthielt nicht minder merkwürdige Arbeiten von Tompion in England, Albrecht Erb in Wien, Gerard Mut in Frankfurt, Matthäus Degen, Christoff Strebell. Kurz, es fehlten wenig große Namen, und wer die vorhandenen mit recht scharfen Augen betrachtete, der sah mehr als nur Namen, in eine Metallplatte eingeritzt, der sah das Wesen des Meisters sich deutlich in seinem Werke spiegeln.

Nach all den köstlich verzierten Stücken erschienen die einfachen Taschenuhren von Pierre le Roy, Berthoud, Breguet, eine Emmery ... Ach, die weckt traurige Erinnerungen, mahnt an die große Enttäuschung in Lottis Leben. Mit einer solchen Uhr in der Hand trat dereinst ... Hinweg! – Schlafe du nur ruhig weiter. Hinweg von dir zu dem unerhörtesten Kuriosum der Sammlung – zu der Seetaschenuhr von Mudge dem Ersten.

Die Geschichte will wissen, daß dieser berühmte und unsterbliche Mann in seinem Leben nur drei Seeuhren verfertigt hat, und zwar die erste im Jahre 1774, und die beiden andern, der blaue und der grüne Zeithalter genannt, im Jahre 1777. Nun, die Geschichte hat einmal wieder geirrt. Hier war sie auf die gründlichste Art der Welt widerlegt, durch eine Tatsache – hier war eine vierte Mudge. Zwillingsschwester der älteren, der von Maskelyn in Greenwich geprüften, und sicherlich in demselben Jahre mit dieser entstanden, wie denn auch die beiden jüngeren in einem Jahre gemacht worden waren.

Die weltbekannten Beschreibungen, die wir von der ersten Seeuhr Mudges besitzen, paßten genau auf die, welche sich in Lottis Händen befand.

Die Uhr war echt, ihr edler Ursprung über jeden Zweifel erhaben, es war eine ganze Mudge – die Leistungsfähigkeit ausgenommen. Die durfte man freilich nicht mehr von ihr verlangen, der über hundert Jahre alten Greisin.

Die letzte Lade, die von Lotti geöffnet wurde, enthielt schöne Arbeiten von Arnold, Richard, Recorder, Robert, Courvoisier, Ruderas von hölzernen Unruhen Simon Henningers und Lorenz Freys und eine vollständig erhaltene hölzerne Taschenuhr von Andreas Dilger aus Gütenbach.

Ein Familienerbe! – Als Bräutigam hatte sie der Urgroßvater Lottis ihrer Urgroßmutter zugleich mit seinem Herzen dargebracht. Gottfried nannte sie die Majoratsuhr. Sie war nie getragen worden, hatte als Schaustück im Glasschranke der Urgroßmutter geruht. Nur an hohen Festtagen wurde sie hervorgeholt und zur Freude des Enkelchen Lotti aufgezogen. Dann setzte sie sich aber auch stracks in Bewegung und vollführte einen so akkuraten und energischen Gang und bimmelte so fleißig fort, als ob sie noch in der Blüte ihrer Jahre stände und als ob sie all die Zeit einholen wollte, die sie in unfreiwilliger Muße versäumt.

Wie war sie nett! Wie waren ihre hölzernen Räder, Platten, Kloben so bewunderungswürdig ausgearbeitet. Wie sauber ausgestochen der Unruhkloben und die Stellungsflügel, und wie schön verziert die beiden und die Klobenplatte. Man sah der kleinen Dilger gar deutlich die Liebe an, mit welcher sie ausgeführt, und auch die, mit welcher sie zeitlebens gehegt und gepflegt worden war. Ihr gehörte Lottis letzter und zärtlicher Blick, bevor sie die Lade zuschob und dabei dachte: Ja, meine Uhren – die machen mir noch das Sterben schwer!

In diesem Augenblick wurde die Zimmertür geöffnet.

»Guten Morgen«, sprach eine tiefe und wohlklingende Stimme.

Lotti wandte sich rasch: »Du, Gottfried? Ist es denn schon acht Uhr?«

»Noch nicht«, war die Antwort, »ich bin heute unpünktlich.«

»Zeichen und Wunder«, rief Lotti, »was ist geschehen? Was gibt's?«

Gottfried war an den Arbeitstisch getreten. Er hob die kleinen Glasglocken von den Uhren, welche darunterlagen, und nahm diese in den allergenauesten Augenschein.

»Du bist ja fertig«, sagte er nach einer Weile.

»Beinahe – aber antworte mir doch – was gibt's?«

Er richtete sich empor, sah Lotti mit geheimnisvoller Miene, halb freudig, halb zweifelnd, an und sagte: »Eine Überraschung.«

4

»Eine Überraschung?« wiederholte Lotti mit einem Anfluge von Sorge, »wenn ich Überraschungen nur zu schätzen wüßte.«

»Diese wird dir gefallen«, entgegnete Gottfried. »Ich habe einen Laden gemietet und bereits eingerichtet.«

Lotti schlug die Hände zusammen und konnte vor Staunen nur die Worte herausbringen: »Aber nein! . . . Aber wo?«

Nun, nirgends anders als gleich nebenan in der breiten belebten Straße, die zum Domplatze führt. Ein allerliebster kleiner Laden, an dessen Ausschmückung seit acht Tagen eifrigst gearbeitet wurde, der ein schönes Fenster bekommen hatte aus einem Stück tauklaren Glases und eine geschmackvolle Vitrine mit feiner Einfassung aus Ebenholz. In dieser lagen seit gestern eine Kalenderuhr von Audemars und ein Chronometer von Dent inmitten anderer Uhren aus den vornehmsten Häusern.

Lotti war bewundernd vor ihnen stehengeblieben, aber heute erfüllte deren Kostbarkeit sie mit Schrecken. »Ein solcher Wert!« meinte sie, »ein so großes Kapital!« Es schien ihr fast zu kühn, daß Gottfried die Bürgschaft dafür übernommen hatte.

Er jedoch war durchdrungen von Ruhe und Zuversicht.

Seit langer Zeit hatte er seine Vorbereitungen getroffen. Der Meister, der ihn beschäftigte, die Freunde, die er sich noch während seiner Lehrzeit erworben, unterstützten und förderten ihn dabei auf das kräftigste. Als ob es sich an ihm erproben sollte, daß nicht bloß diejenigen Vertrauen erringen, die es nicht wert sind, sondern manchmal doch auch einer, der es verdient, fand er allenthalben bereitwilliges Entgegenkommen. Es wurden ihm so billige und günstige Bedingungen gemacht, daß er, um in seinem Geschäfte zu bestehen, keineswegs auf ein besonderes Glück zu rechnen, sondern nur auf das Ausbleiben eines raffinierten Unglücks zu hoffen brauchte.

Das setzte er Lotti auseinander, die ihm aufmerksam und immer freudiger zuhörte und endlich meinte, in der ganzen Geschichte gäbe es zwei verwunderliche Dinge; erstens, daß er sich zu dem jetzt gefaßten Entschluß solange nicht gebracht, und zweitens, daß er sich doch dazu gebracht. Was sie von der Sache halte, wisse er; hatte sie ihn nicht schon vor Jahren beschworen, sich auf eigene Füße zu stellen?

Gottfried erwiderte, seine Pedanterie sei schuld, daß es nicht früher geschehen. Er hatte sich's einmal vorgesetzt, sein Geschäft nicht anzufangen, wenn er dazu auch nur einen Heller fremden Geldes brauchen würde. Um jedoch alles aus Eigenem bestreiten zu können, dazu habe es eben viel Zeit gebraucht.

»Und gut angewandte, das weiß Gott«, meinte Lotti. »Heil dir, daß du gleich so stattlich ausrücken kannst an der Spitze von Dents und Audemars' ...«

»Die beide schon halb und halb verkauft sind«, fiel er ihr ins Wort.

»Gottfried, du machst mich übermütig! Einen Wunsch hast du mir erfüllt, der schon vor Altersschwäche erloschen war – jetzt wird ein zweiter, dem es ähnlich ergangen, lebendig. Du mußt heiraten, Gottfried.«

Er richtete seine kleinen, glänzenden braunen Augen fest auf sie und sprach ganz unternehmend: »Warum nicht?«

»Das sag ich ja«, rief Lotti, »warum nicht? Warum solltest du die brave Frau nicht finden, die du verdienst? Nur suchen heißt es, nur sich ein wenig bemühen, nur nicht, wie du es bisher getan hast, jeder Gelegenheit aus dem Wege gehen, mit einem jungen Mädchen zusammenzukommen, das vielleicht denken könnte: Dieser Gottfried Feßler wäre kein übler Mann für mich.«

Er lachte. »Ein junges Mädchen denkt das nicht.«

»Ich meine auch kein sechzehnjähriges.«

Lotti hatte sich an den Arbeitstisch begeben und begann die reparierten Uhrwerke in ihre Gehäuse einzusetzen.

Gottfried stand am Fenster und sah ihr zu. »Wann wird die Bestellung abgeliefert werden?« fragte er nach einer kleinen Weile.

»Kann morgen geschehen.«

»Tu es selbst, ich bitte dich, und nimm zugleich Abschied von dem Meister. Du darfst für ihn nicht mehr arbeiten.«

Lotti blickte ein wenig betroffen empor. »Abschied nehmen – das wäre schon gut, aber – so plötzlich, so ohne weiteres? Ich bin ihm Dank schuldig, er hat immer Rücksicht auf mich genommen, mich nie ohne Arbeit gelassen, immer gut und rasch bezahlt.«

»Rasch ja, gut – nein. Mache dir keine Sorgen. Ich habe den Herrn bereits darauf vorbereitet, daß er jetzt seine beste Arbeiterin verliert. Wie leid ihm ist, mag Gott wissen, aber begreiflich muß er's finden, daß du dich von nun an für niemanden mehr plagen wirst als für mich, was soviel heißt als für dich selbst, denn – nicht wahr? . . .« Er war plötzlich in heiße Verlegenheit geraten und stockte. »Oh«, nahm er bald wieder das Wort, »da hätte ich beinahe vergessen! Der Herr bittet dich nur noch um einen letzten Freundschaftsdienst. Du möchtest so gut sein, diese Uhr anzusehen. Ist sehr fein, sagte er, hat dein Lieblingsechappement.«

»Duplex also.«

»Jawohl. Er weiß gerade keinen Arbeiter, dem er sich getraut, sie in die Hand zu geben. Überdies hat's Eile. Morgen abend möchte er sie wiederhaben.«

Gottfried stellte ein hölzernes, mit Messing eingelegtes Kästchen vor Lotti hin. Die wandte demselben den Blick eines teilnehmenden Arztes für einen Patienten zu und fragte: »Was fehlt denn?«

»Weiß nicht«, erwiderte Gottfried, »aber ich glaube, nicht viel. Der Herr hat mir eine lange Geschichte erzählt, er hat die Uhr von einem, der sie aus Leichtsinn oder aus Not losschlug, um ein Spottgeld. Will sie jetzt sehr teuer verkaufen, deshalb sollst du die Herstellung besorgen. Er schwatzte ein langes und breites, ich habe nicht zugehört. Es wäre auch überflüssig gewesen, nachdem ich wußte, was mich dabei anging.«

Lotti, die das Kästchen nicht mehr aus den Augen gelassen, hatte es geöffnet und dann auch – mit seltsamer Spannung und Hast – die Uhr, welche darin gelegen. Unverwandt starrte sie den Namen F. Alexi & Sandoz frères auf der Küvette und die Zahl an, die darunterstand.

»Verkauft – wie sagtest du? – aus Leichtsinn oder aus Not«, sprach sie gepreßten Tones.

»Freilich, freilich«, versetzte er, lehnte sich tiefer in das Fenster zurück, sah auf den Boden nieder und schien ernstlich und scharf nachzudenken. »Du wirst mich doch heute im Geschäft besuchen!« rief er plötzlich aus.

Lotti nickte bejahend; sie hatte bereits begonnen, die Uhr zu zerlegen.

»Das Schild ist noch nicht aufgemacht«, fuhr Gottfried langsam und zögernd fort, »aber fertig ist es schon. Es wird nicht aufgemacht, bevor du die Erlaubnis dazu gibst.« Er hielt inne, er wartete, aber vergeblich. Lotti schwieg, und so hub er denn nach abermaliger Pause von neuem an: »Denk nur, welche Freiheit ich mir genommen – denk nur – ich habe auf das Schild schreiben lassen ... wie gesagt, oder nicht gesagt, auf jeden Fall, wie selbstverständlich – es kann geändert werden, wenn du es wünschest ...«

Jetzt erst wagte er es wieder, sie anzusehen. Sie war ganz versunken in ihre Arbeit – eine unbegreiflich schwere Arbeit für sie, die Meisterin! Ihre sonst so sichere Hand zitterte, ihr Gesicht war hochgerötet, eine mühsam unterdrückte Erregung gab sich in ihrem ganzen Wesen kund.

Was ist ihr denn? dachte Gottfried. – Ahnt sie, was er ihr zu sagen hat, und versetzt sie das in eine Befangenheit, die aussieht wie Bestürzung? Wär's doch so! dann nimmt sie wenigstens die Sache ernst, und er braucht nicht zu fürchten, mit einem Scherze heimgeschickt zu werden, das Ärgste, was ihm geschehen könnte, dem alten Menschen. Ihre sichtbare Unruhe befreit ihn von dieser Sorge und zugleich von aller Ängstlichkeit. Er atmet auf und spricht mit einem gewissen unbeholfenen Humor, dabei aber höchst bedeutsam und nachdrücklich: »Es wäre schade, wenn an dem Schilde etwas geändert werden müßte; es ist sehr hübsch ausgefallen ... Macht sich wirklich gut, auf glänzend schwarzem Grund, das G. & L. Feßler ... G. und L. ... Gottfried und Lotti ...«

Ihre Stirn glühte, ihre Wangen brannten, sie beugte sich tiefer über ihre Arbeit und wiederholte mechanisch und ausdruckslos: »Gottfried und Lotti?«

Nein! Ihre Gedanken waren nicht bei ihm. In der Weise

hätte sie ebensogut fremde Namen ausgesprochen. Die Worte, die sie vernommen, waren an ihr Ohr gedrungen, die schüchterne, inständig bittende Frage, die in ihnen lag, nicht an ihr Herz. . . .

Jetzt trat von allen Pausen, die während dieses Gespräches gemacht wurden, die längste ein. Still war's im Zimmer, nichts hörbar als das Ticken der vielen Uhren und endlich ein tiefer, tiefer Seufzer aus Gottfrieds Brust.

Lotti erhob den Blick und sah trotz des feuchten Schleiers, der sich vor ihre Augen gelegt hatte, den Ausdruck leidvoller Enttäuschung in seinen Zügen.

»Was ist dir, Gottfried?« sprach sie.

»Du hörst mich nicht an«, entgegnete er unmutig.

Sie nahm sich mit Gewalt zusammen: »Doch, ich habe alles gehört.«

»Hast du? Wirklich? und – hast nichts einzuwenden? . . . Es ist dir recht – du weißt . . .«

»Es ist mir recht, gewiß. Aber wenn du, Lieber, auf dein Schild auch nur G. Feßler hättest schreiben lassen, für uns hätte es dennoch und immer ›Geschwister Feßler‹ bedeutet.«

»Geschwister – so? – – ja, Geschwister«, murmelte er und zögerte, die Hand anzunehmen, die Lotti ihm reichte. Allein er ergriff sie doch und drückte sie fest und treuherzig, als Lotti sagte: »Es versteht sich ja von selbst, daß wir zwei nach wie vor treu zusammenhalten.«

»Das Schild wird also aufgemacht«, sprach er, mit einem herzhaften Versuch, vergnügt zu scheinen. »Komm es bewundern, komm bald!«

Er nahm seinen Hut und verließ das Zimmer.

Lotti war wieder allein und setzte ihre einen Augenblick unterbrochene Beschäftigung emsig fort. Sie hatte an der Uhr, die Gottfried mitgebracht, alle Brücken abgeschraubt, alle Räder ausgehoben, bis auf das Minutenrad. Das haftete noch, festgehalten vom Viertelrohr. Aber auch dieses muß nun weichen, das letzte Rad liegt bei seinen Kameraden, und Lotti hat gefunden, was sie suchte, was sie zu finden gewiß war. Ihren eigenen Namenszug und das Datum des 12. Mai, mit fast unsichtbar kleiner Schrift in die Bodenplatte eingeritzt und verborgen durch die Zähne des Rohres.

Am 12. Mai, an dem Tage, der sich heute zum fünfzehnten Male jährte, hatte sie diese Zeichen da hineingeschrieben und diese Uhr ihrem Verlobten geschenkt und dabei gesagt: »Sie kann uns gute, sie kann uns traurige Stunden anzeigen, aber keine, in der unsere Treue gewankt.«

So vermessene Behauptungen wagt die Jugend aufzustellen, solche Schwüre schwört die kindische Liebe, die, kaum erwacht, auch schon die Kraft in sich fühlt, ewig zu leben. Torheit ohnegleichen! Ebensogut könnte die Rose schwören, daß sie niemals welken wird, denkt Lotti, und halb erloschene Erinnerungen tauchen in ihrer Seele auf. Bleiche Schatten ringen sich los aus der Nacht der Vergessenheit und gewinnen allmählich Farbe und Gestalt. Sie ziehen langsam vorüber, mächtig genug, um noch eine leise Wehmut, nicht mehr mächtig, einen Schmerz zu erwecken. Sie gleichen dem Gedanken an einen dunkeln, peinvollen Traum, aus dem der Schläfer zum Licht und zum Frieden erwacht.

5

Vor fünfzehn Jahren, an einem Winternachmittage, war ein junger Mann in der Werkstätte Feßlers erschienen und hatte ihm eine alte Uhr gebracht, mit der Bitte, sie zu schätzen. Während Feßler die Uhr betrachtete, betrachtete der junge Mann ihn so aufmerksam, wie ein Maler tut, der sich das Bild eines Menschen, den er aus dem Gedächtnis malen soll, einzuprägen sucht.

»Dies ist«, sprach Feßler, nachdem er seine lange und sorgfältige Untersuchung beendet hatte, »ein kostbares Stück.« Er rief seine Tochter herbei, um auch ihre Meinung zu hören.

»Wie?« sprach der Fremde ein wenig spöttisch und sehr erstaunt, »sind Sie Kennerin, mein Fräulein?«

Lotti fühlte den Blick auf sich ruhen, mit dem fast alle jungen Männer, denen sie zum ersten Male begegnete, sie ansahen; den Blick, der deutlich fragt: Was willst du in der Welt? und an den ein nicht hübsches Mädchen sich gewöhnen muß.

Sie nahm die Uhr aus der Hand ihres Vaters und erkannte in derselben sogleich einen Taschenchronometer von Emmery mit Mudgescher Hemmung.

Der Fremde lachte herzlich auf, als sie das sagte.

»Ist's richtig, Herr Feßler?«

»Ganz richtig«, erwiderde dieser, unangenehm berührt von dem über Gebühr zutraulichen Wesen des jungen Mannes, der, an die Seite Lottis tretend, in seinem früheren Tone fortfuhr: »Sie können mir vielleicht auch sagen, was diese Uhr wert ist?«

Lotti schüttelte den Kopf. »Was sie jetzt wert ist, kann ich nicht sagen; als sie neu war, sind gewiß nicht weniger als 150 Guineen für sie bezahlt worden.«

»Als sie neu war? Und wann mag das gewesen sein?«

»Vor siebzig Jahren etwa.«

»Ich bewundere Sie!« rief der junge Mann äußerst belustigt; »das alles erkennen Sie so auf den ersten Blick? . . . Jetzt aber die letzte, wichtigste Frage: Wieviel ist sie heute, wieviel ist sie Ihnen wert?« fügte er zu Feßler gewendet hinzu.

»Sie wäre mir sehr viel wert, wenn ich nicht schon eine ganz ähnliche besäße«, entgegnete dieser.

»Ah! in Ihrer Sammlung? ... Wenn Sie doch wüßten, Herr Feßler, wieviel Gutes und Schönes ich schon von ihr gehört habe ... von dieser Sammlung, und wie glücklich ich wäre, sie kennenzulernen ... Wenn Sie das wüßten – Sie würden mir den elenden Vorwand verzeihen, den ich gebraucht habe, um mich bei Ihnen einzuschleichen.«

Er legte eine gründliche Beichte ab.

Er hieß Hermann von Halwig, war ein kleiner Beamter und nebenbei ein ganz kleiner Poet und arbeitete eben an einer Novelle, in welcher eine alte Uhr eine große Rolle zu spielen hatte. Die mußte geschildert werden, und um das zu können, brauchte er ein Modell, brauchte er vor allem einige fachmännische Kenntnis.

»Nehmen Sie mich ein wenig in die Lehre, bester Meister«, schloß er, »würdigen Sie mich eines Einblicks in Ihre Sammlung – Ihr Heiligtum, wie ich höre. – Daß ich ein ausgezeichneter Schüler sein werde, das verspreche ich nicht, aber ein dankbarer bin ich gewiß!«

Feßler sah den hübschen blonden Gesellen ein Weilchen nachdenklich an. Ihm gefielen seine fröhlichen blauen Augen und die sorglose Sicherheit, das muntere Selbstvertrauen, mit denen er sich auf die Reise durchs Leben zu begeben schien. Schweigend holte der alte Mann einige schöne Exemplare aus der Sammlung herbei und begann die Eigentümlichkeiten und Vorzüge derselben mit der Wärme eines Liebhabers auseinanderzusetzen.

Halwig unterbrach ihn anfangs sehr oft; er konnte die Scherze nicht unterdrücken, die ihm alle Augenblicke auf die Lippen traten. Allmählich jedoch wurde er still. Das herablassende und oberflächliche Interesse, das er für einige »Favoritinnen aus dem Uhrenharem« gezeigt, verwandelte sich in ein gespanntes. Den Kopf in die Hand gestützt, sah er bald die Uhren auf dem Tische, bald den Meister, zuletzt nur noch diesen an, und dabei erhellte der Ausdruck einer so innigen Freude und Verehrung seine Züge, daß Feßler dachte: Dem Burschen könnt ich gut sein – trotz des Leichtsinns, mit dem er vorgab, eine Emmery verkaufen zu wollen.

Der Bursche aber richtete sich plötzlich auf. »Was für Augen haben Sie!« rief er, »was Ihnen ein Rädchen, eine Spindel, ein Ornament, ein Stückchen Email nicht alles erzählen! Was für Augen und was für ein Herz ... Sie sind ein Künstler! ...«

Er deutete nach dem Schranke, dem Feßler die Uhren entnommen. »Das Kästchen dort ist für Sie, was für einen Poeten ein Schrein voll der köstlichsten Werke großer Dichter, die vor ihm gelebt. Eine schweigende, tote Welt, die ein Blick zum Dasein erweckt, zu einem mächtigern, schönern Dasein als das sogenannte wirkliche ... Ein Blick – ein sehender, der Blick des Verständnisses muß es sein ... Nicht wahr, lieber Meister? – Verständnis ist alles – Weisheit, Liebe, Poesie ... Nach dem allein haben wir zu ringen, die wir uns einbilden, Dichter zu sein ... An Stoffen fehlt's, höre ich die Leute sagen. – Begreife das Begreifbare, und aus allem, was dich umgibt, dringt die Fülle bildsamen Stoffes auf dich ein, und wenn es dir an etwas fehlt, so ist's an Kraft, die wogenden Quellen zu fassen und sie zu leiten an ein gewolltes Ziel!«

Er sprang auf, ergriff die Hand Feßlers, nannte ihn einen edlen, einen seltenen, einen herrlichen Mann und verabschiedete sich mit der Bitte, recht bald wiederkommen zu dürfen. Und er kam wieder, kam täglich, ganze Wochen hindurch, und wenn er ja einmal ausblieb, bedauerte dies niemand mehr als Feßler. Lotti sprach überhaupt nicht von ihm, vermied es sogar, seinen Namen zu nennen, und was Gottfried betraf, der meinte, es sei nicht übel, zwölf Stunden lang Ruhe zu haben in der Werkstatt. Er leugnete nicht, daß Halwig eine große Unterhaltungsgabe besitze, allein für seinen Geschmack machte »der Poet« einen gar zu häufigen Gebrauch davon.

»Wenn ich am Sonntag Unterhaltung habe, ist mir's genug, täglich Unterhaltung ist mir zuviel«, sagte er und bewies es, indem er begann, das Haus zu den Stunden zu verlassen, in denen Halwig es zu besuchen pflegte. Dieser zeigte sich darüber gekränkt. Er war nicht gewöhnt, gemieden zu werden; er tat sich etwas zugute auf die Macht, die ihm über die Gemüter der Menschen gegeben war. Keiner, um dessen Neigung er sich beworben, hatte ihm widerstanden, er hatte immer gehört und geglaubt, daß man ihn liebhaben müsse, wenn er es darauf angelegt. Bitter beklagte er sich bei Lotti über die Steifheit und Kälte ihres Vetters, versicherte, trotzig wie ein verwöhntes Kind, er werfe seine Freundschaft niemandem an den Kopf, und wenn Gottfried ihn hasse, so zahle er ihn mit gleicher Münze. Sobald sich jener aber blicken ließ, kam er ihm wieder mit der alten und – darüber konnte kein Zweifel sein – aufrichtigen Wärme entgegen. Er bemühte sich, sein Interesse zu erwecken, ihm Teilnahme einzuflößen, er warb förmlich um ihn. Alle liebenswürdigen Eigenschaften seines beweglichen, frischen, herzgewinnenden Wesens kamen dabei zum Vorschein, rührten aber denjenigen nicht, dem zu Ehren sie sich in ihrem vollsten Glanze zeigten.

Eines Tages war Gottfried, mit einer dringenden Arbeit beschäftigt, von früh bis abends daheim geblieben und hatte im Eifer seines Fleißes die Stunde versäumt, zu welcher er jetzt regelmäßig seinen Rückzug vor dem »Luxusartikel«, wie er Halwig nannte, anzutreten pflegte.

Zum Bewußtsein der Zeit wurde er durch Lotti gebracht, die eine Lampe auf den Tisch stellte und ihn mahnte, Feierabend zu machen.

»Ist es denn so spät?« fragte er.

»Spät und nicht mehr hell, du verdirbst dir die Augen.«

»Was liegt daran? – Was liegt an mir?« sprach er halblaut vor sich hin, wie einer, der, plötzlich geweckt, aus dem Schlafe redet. Er stöhnte schmerzlich auf und preßte beide Hände gegen die Stirn.

Lotti wurde feuerrot; schweigend, mit einer Gebärde der Mißbilligung wandte sie sich ab. Der Vater hatte seine allabendliche Zimmerpromenade unterbrochen, war vor Gottfried stehengeblieben und fragte, was ihm fehle.

»Nichts«, erhielt er zur Antwort, »nur die Augen sind mir ein wenig müde geworden.«

»Gönn dir Ruhe«, sagte Feßler, »mach es mir nach, ich spaziere schon lange müßig auf und ab und hätte ganz gut noch eine Weile schaffen können – die Tage wachsen, der Frühling kommt heran . . . Ja, der kommt, man darf auf ihn zählen, der kommt. Wer aber ausbleibt«, schloß er alte Mann seine Betrachtungen, »das ist unser Hofpoet . . . In drei Tagen hat er sich nicht blicken lassen, und auch heute – seine Stunde ist vorbei – er kommt nicht mehr.«

»Um so besser!« rief Gottfried, »ich wollte, wir wären für immer von ihm befreit.«

»Befreit! – Ist das dein Ernst? . . .«

»Leider ja«, versetzte Lotti, und ein tiefer Groll sprach aus ihrer erregten Stimme.

Gottfried erhob den Kopf: »Was sagst du?«

»Daß du ungerecht bist, zum erstenmal in deinem Leben; ungerecht und grausam gegen einen edlen und guten Menschen . . . Es ist herzlos und tut ihm weh – gerade von dir – denn du bist es ja . . .« ihre Lippen zitterten, der Ausdruck des bittersten Schmerzes zuckte über ihr Gesicht, »der ihm der Liebste ist von uns allen . . .«

Sie hielt tief atmend inne, Gottfried murmelte ein zorniges Wort, und der Vater stand in stummer Betroffenheit vor seinen beiden Kindern. In einer bisher ahnungslosen Seele dämmerte das Bewußtsein zerstörter Hoffnungen, eines nahenden Unglücks auf. Eh er sich's versah, bevor ihm zu einer Befürchtung Zeit geblieben, war der Friede aus seinem stillen Hause entwichen und aus den Herzen seiner Kinder ...

In dem Augenblicke wurde an der Hausglocke gestürmt, bald darauf durcheilten leichte Schritte das Vorgemach.

»Da ist er doch«, sagte Feßler.

Halwig erschien auf der Schwelle, er schwenkte seinen Hut und sah so glücklich aus, als ob er eben eine Welt erobert hätte.

6

»Vater Feßler«, rief er, »da ist es, da haben Sie's, mein Büchlein, mein erstgebornes! ... Sieht es nicht nett aus in seinem purpurroten mit Gold geputzten Kleidchen? ... Lesen Sie, was hier steht, auf der ersten Seite: ›Johannes Feßler, meinem Lehrer, meinem Vorbild, meinem Freund ...‹ Es ist Ihnen gewidmet, Ihr Eigentum, ich bringe, was aus meinem Herzen floß und Ihnen gehört, und lege es Ihnen zu Füßen.«

Er machte Miene, das Büchlein wirklich auf den Boden vor Feßler hinzulegen; der aber hinderte ihn daran. »Geben Sie es mir in die Hand, das ist Ehre genug«, sprach er und lächelte seinem Liebling zu, bei dessen Erscheinen der trübe Ernst verschwunden war, der eben noch die Stirn des alten Mannes umdüstert hatte. Er ließ sich erzählen, wie der Poet seit drei Tagen in verzehrender Erwartung seines Werkes gelebt, wie er jede freie Minute auf dem Postbüro zugebracht und durch die Ausbrüche seiner Ungeduld den Ärger eines Expeditors und das Mitleid zweier Briefträger erregt habe. Jetzt aber sei alles gut, meinte er und flehte, die Familie möge ihm diesen Abend schenken und sich den

Vortrag seiner Dichtung gefallen lassen. Er stellte die Lampe auf den Tisch inmitten der Werkstätte und trug vier Sessel herbei. Lotti sollte ihm gegenübersitzen, Feßler und Gottfried neben ihm.

»Auf diese Stunde«, sagte er, als alle Platz genommen hatten, »habe ich mich gefreut von dem Momente an, in welchem mir der erste Gedanke meines Gedichts aufgegangen, bis zu dem, in welchem ich am letzten Verse gefeilt ... Wie jetzt in der Wirklichkeit, umgaben Sie mich immerwährend im Geist, Sie geliebten drei!«

Seine Augen ruhten vor Innigkeit und Wärme leuchtend auf seinem kleinen Auditorium, dann öffnete er das Buch und begann zu lesen.

Was er las, war nur eine einfache Herzensgeschichte – ähnliche sind wohl tausendmal berichtet, millionenmal erlebt worden. Abgedroschen! wollte Gottfried schon ausrufen, aber er unterdrückte das Wort. Offenbar hatte der Dichter nicht durch das Interesse an seiner Fabel zu wirken gesucht; was da fesselte und bezwang, das war der Schönheitszauber, der in dem schlichten Bilde webte, das war die Wahrheit und die Leidenschaft, die es atmete, und wen man darin am liebsten gewann, das war der Dichter selbst. Absichtslos, ja wider seinen Willen hob seine Gestalt sich verklärt aus seinem Werke und erschien so liebenswürdig wie die verkörperte Jugend. Er war von Begeisterung durchglüht, von Talent getragen; eine Unendlichkeit wogte in seiner Seele. Für Ernst und Scherz, für Zorn und Wehmut, Haß und Liebe, für jede Stimmung und Empfindung der menschlichen Brust lag das Verständnis in seinem Herzen und der Ausdruck auf seinen Lippen. Kein Zweifel an sich selbst hemmte seinen Schwung, kein Mißtrauen in seine Kraft lähmte ihn, er hatte sie, er wußte es, er war ihrer Wirkung gewiß und baute auf sie mit der unerschütterlichen Zuversicht, die dem Erfolg vorangeht, die ihn oft erzwingt.

Und so fragte er denn auch, als er geendet, voll freudiger Unbefangenheit: »Was sagen Sie ... Ist es mir nicht gelungen?«

»Vollkommen«, erwiderte Feßler, »es klopft ein Herz darin.«

»Nicht wahr? ... Und Sie, Gottfried – Ihre Meinung?«

Gottfried war die ganze Zeit hindurch dagesessen, den Ellbogen auf den Tisch und die Stirn in die Hand gestützt. Jetzt lehnte er sich in seinem Sessel zurück und sprach, ohne Halwig anzusehen: »Es ist schön, ganz schön.«

»Ich danke, Freund! Ein solches Lob von Ihnen, das tut wohl ... Aber Sie – Fräulein Lotti ... Sie schweigen – Sie sagen mir nichts ...«

In glühender Verwirrung blickte Lotti zu ihm auf: »Ich kann nicht – Sie sehen ...« stammelte sie, ein schmerzliches, vergeblich unterdrücktes Schluchzen erstickte ihre Stimme.

»Lotti! ... Ist es mir gelungen, Sie zu rühren, zu ergreifen? ... Soll mein schönster Traum mir heute ganz in Erfüllung gehen?« Er sprang auf und eilte jubelnd auf sie zu.

Lotti streckte abwehrend die Hände aus; sie weinte, nicht sanft befreiende Tränen – Tränen qualvoller Beschämung und Empörung über sich selbst.

Halwig trat bestürzt zurück. Einen Augenblick stand er zweifelnd vor ihr, plötzlich aber leuchtete das Bewußtsein des Sieges, den er über diese Seele errungen, mit süßem Triumphe aus seinen Augen, und er rief in einem Tone, aus dem Rührung, Entzücken und ein letztes Zagen zugleich herausklangen: »Sie zürnen mir? soll ich dafür büßen, daß mein Gedicht Sie bewegte?«

»Zürnen? Wie können Sie glauben? ... Eine neue Welt hat sich vor mir aufgetan ... Ich weiß nicht, ich kann nicht sagen, was ich am meisten bewundere – ich sehe nur, wie groß, wie herrlich und wie fern ...«

Ihre Stimme brach, sie erhob einen raschen hilflosen Blick zu ihm, den er einsog wie himmlischen Tau.

»Nicht fern«, rief er, »o nein! Ihnen ist sie es nicht, sie lebt von Ihrem Leben, ist von Ihrem Atem durchhaucht ... Schöpferin meiner Welt, haben Sie sich in ihr nicht erkannt?«

Und schon lag er vor Lotti auf den Knien, bedeckte ihre Hände mit seinen Küssen, nannte sie seinen Engel, seine Geliebte, seine Braut. Er pries die Stunde, in welcher sie ihm zum ersten Male begegnet war, und die noch schönere, ewig gebenedeite, in welcher er's zum erstenmal empfunden, daß sie ihn liebe. Das war nicht heute, war nicht vor kurzem, das war sehr bald, nachdem sie einander kennengelernt – er wollte gar nicht gestehen, wie bald ... um nicht allzu vermessen zu erscheinen, so vermessen wie man eben wird, wenn man sich geliebt weiß von dem edelsten und reinsten Herzen.

»Jetzt aber sprich!« bestürmte er sie, »bestätige mir mein Glück vor diesen teuren Zeugen ... deinem Vater, deinem Bruder, den meinen von nun an – ein Wort, Geliebteste!«

»Was soll ich sagen – du weißt alles«, war ihre Antwort, und jauchzend faßte er sie in seine Arme. – –

Es war keine stumme Seligkeit, die seine; unwiderstehlich brauste der Feuerstrom der Worte, die er ihr lieh, dahin und vermochte die Einwendungen Feßlers zu übertäuben und vermochte Gottfried sich ein Wort der Fürsprache für denjenigen abzuringen, dem Lotti ihr Herz geschenkt. Freimütig erzählte Halwig die Geschichte seines Lebens, sprach von dem Leichtsinn, mit dem er das Erbe seiner Eltern zersplittert, gestand, daß er im Begriffe gewesen, auf schlechte Wege zu geraten, als sein schützender Stern ihn in das Haus Feßlers geführt. Von dem Augenblicke an war er ein anderer Mensch geworden. Er beschwor Feßler und Gottfried, Erkundigungen über ihn einzuholen. Seine Vorgesetzten im

Amte, seine Freunde und Bekannten sollten entscheiden, ob er verdiene, hoffnungslos verworfen zu werden.

»Davon ist nicht die Rede«, sagte Feßler und Halwig rief: »So lasset denn die Geliebte das Erlösungswerk vollenden, das sie an mir begonnen hat.«

Sie wurde seine Braut; und der Mann, der ihr wie ein höheres Wesen erschien, machte sie zur Herrin seines Schicksals. Er unterordnete sich ihr, er wollte ihr alles danken, was er besaß, er wollte alles, was er war, nur durch sie geworden sein. Sein junges Haupt, das schon von der Morgenröte des Ruhmes umglänzt wurde, beugte sich vor ihr, schmiegte sich demütig an ihre Knie.

»Das heißt verwöhnen«, sagte Vater Feßler, aber Gottfrieds Meinung war: »Bete sie nur an, sie verdient's.«

Einige Monate vergingen, da fiel der erste Schatten auf die bisher ungetrübte Seligkeit der Verlobten. Halwig hatte plötzlich den Staatsdienst aufgegeben, um sich ganz und gar seinem dichterischen Berufe widmen zu können, der ihm täglich neue Erfolge brachte. Ein zweites Büchlein war dem ersten gefolgt. Es erfüllte reichlich die schönen Erwartungen, die jenes erregt hatte. Die kleine Gemeinde von Bewunderern, die sich um den Dichter zu sammeln begann, wußte seines Lobes kein Ende und begrüßte auch sein drittes Werk mit unbegrenztem Entzücken. Und gerade dieses, das er, um eine übernommene Verpflichtung zu erfüllen, in fieberhafter Hast begonnen und beendet, war ihm vor allen andern ans Herz gewachsen. Er hatte daran erprobt, daß er zu jeder Zeit Herr seiner Stimmung, seiner Phantasie, aller seiner Gaben war, daß sein Talent ihm leiste und gewähre, was immer er von ihm verlangte. Er wußte jetzt, daß sein Wollen unumschränkt über sein Können gebiete. Ganz erfüllt von dem Gefühl eines so vollkommenen Gelingens, erschien er bei seiner Braut, und Lotti schwelgte im Anblick seiner stolzen Glückseligkeit. Als es jedoch hieß, ihre Meinung über die Arbeit auszusprechen, welche Hermann seine beste und reifste nannte, zagte sie und antwortete mit Befangenheit nach langem Zögern, daß ihr alles gefalle, was von ihm ersonnen sei.]

»Dieses«, rief er, »müßte dir auch gefallen, wenn ein anderer es ersonnen hätte.«

»Vielleicht – gewiß . . .« erwiderte Lotti, erschrocken über den Ausdruck von Enttäuschung, der sich in seinen Zügen malte.

Er fuhr erregt fort: »Du mußt lernen, ganz von mir abzusehen bei der Beurteilung meiner Arbeiten. Daß Schönes geschaffen werde, daran liegt alles; ob ich es geschaffen, ob Hinz oder Kunz, daran liegt nichts . . . Der Standpunkt ist der einzig richtige – der soll der deine sein. – Deine Liebe zu mir darf sich nicht durch blinde Bewunderung äußern. Du mußt wissen, warum du bewunderst – mußt Gründe haben, für dein Lob. Aufrichtigkeit verlange ich von dir und will hoffen, daß du mich ihrer würdig hältst.«

»Hermann – wie könnt ich anders?« fragte sie mit einem ängstlichen Lächeln. »Ich sage dir, was ich denke, aber das hat ja keinen Wert . . . Mein Urteil zu begründen, muß ich erst lernen . . . jetzt bin ich noch nicht imstande, dir zu sagen, warum ich dir dieses Mal nicht so leicht – nicht mit so voller – wie soll ich's nennen? – so voller Hingerissenheit folgen konnte wie früher, wie besonders bei deinem ersten, allerschönsten Gedicht . . .«

Nun brauste er auf. Er fragte, ob sie denn immer auf seine Anfänge zurückkommen wollte, ob ihr das Unbedeutendste am nächsten läge.

»Wenn du bei dem Punkte stehenbleibst, von dem ich ausging, indes ich vorwärts jage, werden wir bald auseinandergekommen sein!« rief er, war nicht zu beschwichtigen und verließ sie im Zorne.

Freilich war er am nächsten Tage wieder da, demütigte

sich vor ihr und weinte vor Reue, als sie ihn, womöglich noch liebreicher als sonst, empfing und ihm versicherte, nicht zu wissen, was sie ihm verzeihen solle. Er war so beschämt und in seiner Beschämung so ausbündig und unwiderstehlich liebenswürdig, daß Lotti ihn bat, sich nur recht bald wieder einzubilden, er habe ihr weh getan.

Diese Bitte wurde erfüllt, aber in anderem Sinne, als sie gestellt war. Hermann ließ es an Gelegenheit nicht fehlen, ein gegen sie begangenes Unrecht gutmachen zu müssen, aber dieselbe zu benützen, verstand er bald nicht mehr.

Ein leiser Zweifel, eine Frage vermochten alle Dämonen in seiner Brust zu entfesseln, und Lotti erkannte mit Entsetzen, daß es Augenblicke gab, in denen er sie haßte. Da legte er den Ausbrüchen seines Zornes keinen Zügel an. Er litt und fand es natürlich und gerecht, daß diejenige, die ihn liebte, mit ihm leide. Wenn er sich von ihr mißverstanden oder im stillen getadelt glaubte, warf er ihr ihre untergeordnete Tätigkeit, ihren beschränkten Wirkungskreis vor.

»Von dem, was ich anstrebe, steht freilich nichts im ›Le Paute‹!« rief er eines Tages, und Gottfried, der bisher männlich an sich gehalten, fuhr empor: »Noch ein solches Wort, und ich schlage dir den Schädel ein!«

Dem heftigen Auftritt zwischen den beiden Männern, der darauf folgte, wurde mühsam genug von Feßler ein Ende gemacht; aber von nun an begann Gottfried sein passives Benehmen dem Brautpaar gegenüber aufzugeben.

»Du bist ein ungebärdiges Kind«, sagte er zu Halwig, »du wärst imstande, das Liebste, das du hast, in einem Anfall übler Laune zu zerstören; ich will strenge Wache über dich halten.«

Halwig drückte ihm die Hand, er begab sich gern unter den Schutz seines besten Freundes.

»Verschwören wir uns gegen alle meine Fehler!« rief er,

ganz beseelt von den edelsten Vorsätzen, »wenn du mir treulich hilfst, will ich ihrer schon Herr werden!«

Lotti war mit diesem Bündnisse nicht zufrieden, sie wußte, daß Hermann die Selbstbeherrschung, die es ihm auferlegte, ebensowenig zu bewahren vermochte, wie er die Aufrichtigkeit vertrug, nach welcher er immer verlangte. Seine ganze Natur empörte sich gegen den Zwang, die leiseste Mißbilligung fraß ihm am Herzen, erbitterte ihn, machte ihn unglücklich und überzeugte ihn nie. Was ihn stählte, was alle seine Kräfte entfaltete, das war der Kampf gegen Haß und Verfolgung und der Genuß überschwenglichen Lobes und verhimmelnder Liebe.

»Ich kann nur im Lichte gedeihen, und ihr lebt im Halbdunkel«, rief er einmal nach einer langen Kontroverse mit Gottfried und verließ das Zimmer ohne Abschiedsgruß. Lotti erhob sich lautlos und ging ihm nach. Eine Weile darauf hörte man aus dem Vorgemache sein zorniges Sprechen herübertönen, manchmal unterbrochen durch ihr sanft beschwichtigendes Flehen. Dann wurde die Haustür zugeschlagen, und eine lange Zeit verfloß, bevor Lotti, noch bleich und zitternd, in die Werkstatt zurückkehrte.

Am Abend sprach Feßler zu Gottfried: »Was ich dir sagen wollte: Gib dein Erziehungswerk auf. Den Halwig änderst du nicht. Laß ihn. Ihr ist er ja recht, wie er ist.«

»Aber Vater, er mißhandelt sie.«

Feßler seufzte und zog bedauernd die Achseln in die Höhe. »Seine Mißhandlungen sind ihr lieber als die Liebkosungen eines andern. Das ist so Weiberart.«

Gottfried schwieg und ließ fortan die Dinge gehen, wie sie gingen.

Die Besuche Halwigs wurden immer seltener, und wenn er kam, war er entweder düster und verschlossen oder von einer aufgeregten und erzwungenen Lustigkeit, die unter allen seinen wechselnden Stimmungen Lotti am peinlichsten berührte. In eine solche geriet er einmal, als Feßler über einige Vorbereitungen zur nahenden Hochzeitsfeier sprach, und plötzlich erklärte Lotti ihrem Vater, die Vermählung müsse hinausgeschoben werden.

»Hat er den Vorschlag gemacht?« rief Gottfried.

»Ich wünsche es!« entgegnete sie rasch.

»Warum ... Mißtraust du ihm?«

»Vielleicht nur mir«, war ihre Antwort. Scheinbar völlig ruhig begab sie sich an die Arbeit.

Kurze Zeit, nachdem Lotti diesen Entschluß gefaßt, schien Hermann ganz zu ihr zurückzukehren. Er hatte eine große Täuschung erlitten, er fand Trost bei ihr, die seinen Schmerz tiefer empfand als er selbst. Sein gesunkener Mut wurde indessen bald wieder durch neue Erfolge gehoben, und die unausbleiblichen Früchte derselben stellten sich ein. Die Huldigungen, die ihm dargebracht wurden, wollten bezahlt werden, sie forderten ihren Lohn, machten Ansprüche auf die Persönlichkeit, auf die Zeit des Dichters. Verwandte, die sich vor Jahren von ihm losgesagt hatten, erinnerten sich plötzlich, und erinnerten ihn, daß er zu ihnen gehöre. Wenn er von seiner Verlobung mit der Tochter eines Uhrmachers sprach, hörten sie ihn mit der überlegenen Nachsicht an, die gescheite Leute für Künstlerlaunen besitzen. Halwig begann sich einzubilden, daß er seine Braut nur um den Preis schwerer Opfer, harter Kämpfe werde heimführen können. Er ersparte und verschwieg ihr nichts; kein noch so herbes Urteil, das Menschen über sie fällten, die sie nie gesehen, kein Bedenken derjenigen, denen er früher aus dem Wege gegangen und die er jetzt »die Seinen« nannte. Er schrieb diese grausame Offenheit dem unbegrenzten Vertrauen zu, das er für Lotti empfand, und die bestärkte ihn darin. Sie wußte, daß sie seine Liebe verloren hatte, aber den Schatten derselben, dieses Vertrauen, das ihr sein Herz öffnete, sie seine geheimsten Gedanken kennen ließ, an dem hielt sie fest, das hütete sie wie das heilige Feuer, wie ihr Lebenslicht. Als ob ihre Liebe in dem Maße wüchse, in dem die seine abnahm; als ob er sie durch Qual fester an sich ketten würde, wachte sie über dem kleinen Reste seiner Neigung in übermenschlicher Treue und Geduld. Ein Aufflackern seiner erlöschenden Empfindung war ihr, was der Mutter ein Lächeln ihres sterbenden Kindes ist.

Endlich kam die Stunde, in welcher sie ihre Kraft erlahmen fühlte, in welcher ihr glühender Entsagungsmut sie verließ. Nach jahrelangem Ringen erwachte in ihr die unwiderstehliche Sehnsucht nach Frieden. Aber sie wollte diesen nicht mit einem Selbstvorwurf in der Seele dessen erkaufen, den sie so sehr geliebt hatte. Sie tat es an einem Tage, an dem er sich einmal wieder ihr gegenüber so herzlich, so warm, so voll Hingebung und Innigkeit gezeigt wie in der Frühlingszeit ihrer Liebe.

Er war länger verweilt, als er beabsichtigte, und sprang erschrocken auf, als einige Uhren zugleich die fünfte Nachmittagsstunde schlugen.

»Ich sollte längst fort sein!« rief er, »aber gleichviel ... Bei dir versäume ich nichts, ich gehe immer reicher, besser, als ich gekommen bin ... Ich bin ein Narr, so selten zu kommen.«

Sie traten beide an das geöffnete Fenster, durch welches die sanft bewegte Luft des lauen Herbstabends hereinflutete. Die Sonne hatte sich hinter einer schweren Wolke verborgen, aber ihr Widerschein säumte den Horizont mit Purpurstreifen. Breite, goldige Lichter lagen auf den Dächern der Häuser und behaupteten sich noch siegreich gegen die grauen Dünste, die von den Bergen herzogen und den östlichen Teil der Stadt schon in ihre wallenden Schleier gehüllt hatten. Drüben am Kai jagte Wagen an Wagen vorbei, drängte und tummelte sich das Menschengewühl, indes der Strom lautlos und träge seine trüben Wellen rollte.

»Die Aussicht hab ich lieb«, sprach Halwig, »ich sehe gern das Treiben der großen Stadt so tief unter mir . . . Dein Vater hat recht, seine hohe, alte Warte nicht zu verlassen, wenn es ihm auch manchmal schwerfallen mag, sie zu erklimmen . . . Leb wohl – das heißt auf Wiedersehen!«

»Nein, nein«, sagte Lotti hastig, »es heißt leb wohl . . .« Eine brennende Röte bedeckte ihre Wangen, und sie umspannte mit beiden Händen die Hand, die er ihr gereicht. »Wir wollen scheiden, wir müssen . . . als gute Freunde, aber für immer. Gib mir mein Wort zurück, wie ich dir das deine zurückgebe, Hermann . . .«

»Was ficht dich an?« fragte er.

Sein Ton klang vorwurfsvoll, allein ein Blitz feuriger Überraschung, kaum sichtbar für ein anderes Auge als das ihre, hatte während ihrer vorhergehenden Rede in seinem Angesicht aufgeleuchtet.

»Ich kann deine Frau nicht werden«, fuhr sie fort, rascher jetzt und mit fliegendem Atem: »Schon lange wollte ich dir das sagen . . . Ich ringe schon lange mit mir . . . Ich kann mich von meinem Vater nicht trennen, kann auch die Lebensweise nicht aufgeben, an die ich gewöhnt bin von Kindheit an . . . die mir sehr lieb ist . . .«

»Ich meinte dir noch viel lieber zu sein!« rief er und setzte in unaussprechlicher Verwunderung hinzu: »Du gibst mich auf?! . . . Du – mich?!«

»Du wirst dich darein fügen – nicht wahr? . . . Sage nicht, daß es dir unmöglich ist!«

Sie richtete die Augen fest auf ihn, und die seinen senkten sich.

Es flog ihm durch den Sinn, daß sie ihm untreu geworden, daß sie einen andern liebe, aber sogleich mußte er lächeln über diesen Verdacht. Er fragte sich, ob sie ihn auf die Probe stellen wollte, fragte sich auch, ob sie nicht vielleicht seinem Glück, seiner Zukunft ein ungeheures Opfer bringe? Die ruhige Haltung, in der sie vor ihm stand, machte ihn aber auch an dieser Vermutung irre.

Er fuhr aus seinem Brüten auf und sagte mit dem Ausdruck eines echten Schmerzes: »Und wir sollen uns niemals wiedersehen?«

»Doch ... wenn wir ganz vernünftig geworden sind.«

»Du bist es schon jetzt!« entgegnete er voll Bitterkeit.

»Und du wirst es werden – wirst mir danken ... Laß mir deine Hand! wende dich nicht ab ... Du hast keinen Grund, mir zu grollen. Ich befreie dich von einer traurigen Braut, bei der keine Freude zu holen ist –« sagte sie mit einem schwachen Versuch zu lächeln.

Er unterbrach sie, er wollte nicht weiter hören; er erklärte, daß er ein einmal gegebenes Wort nie wieder zurücknehme, und wenn es sein Unglück wäre ...

»Wenn es aber auch das meine ist?« fragte sie, und er rief halb zornig, halb verlegen: »Wie du mich mißverstehst! ... Wie du nur glauben, es nur für möglich halten kannst, daß ich dich aufgeben werde, ohne Grund ... Weißt du denn einen? ... Daß ich mich von dir trennen werde – so plötzlich ...«

Sie erhob das Haupt. »Wir sind längst getrennt«, sprach sie. »Es ist aus. Frage dich selbst, ob du recht hättest, mich mitzuschleppen durchs ganze Leben, weil du einmal geglaubt hast, mich zu lieben.«

»Geglaubt? ... Ich habe dich unaussprechlich geliebt – meine Liebe zu dir war ...«

»Sie war!« fiel ihm Lotti mit einem schneidenden Schmerzenston ins Wort, der die Qual ihres Innern verriet. »Täusche dich nicht ... Wir wollen die Kraft haben einzugestehen, daß eine Empfindung, die wir für ewig hielten – erloschen ist. Und wir wollen nicht unsere Zukunft auf die erloschene bauen, nicht erwarten, daß ein Glück aus ihr erblühen könne ...«

Er starrte sie an und schwieg. Sein Verstand gab ihr recht, sein Herz stimmte ihr bei. Was sich in ihm noch regte und sträubte, das war ein leiser Gewissensvorwurf. Allein auch den vermochte Lotti zu beschwichtigen, indem sie sagte: »Nur die Geliebte scheidet sich von dir – die Freundin bleibt. Die wirst du immer finden. Komm zu ihr, wenn du ein Leid zu klagen hast, wenn du verdrossen bist und schlimmen Mutes. Bedrückte Seelen warten – das verstehe ich, das ist die Kunst, die ich ausübe, das ist meine Virtuosität ...«

»Lotti!« rief er überwältigt und zog sie an seine Brust. Plötzlich jedoch ließ er sie aus seinen Armen, warf sich in einen Sessel nieder und brach in heftiges Schluchzen aus. Sie trat zu ihm, beugte sich, ihre Lippen ruhten lange auf seiner Stirn ... regungslos, mit geschlossenen Augen, empfing er ihren schwesterlichen Kuß, und ihm war, als senke sich aus seinem innigen Berühren Frieden und Versöhnung in seine kämpfende Seele. Als er aufblickte, fand er sich allein; Lotti war in ihr Zimmer geeilt, und er hörte sie den Riegel vorschieben. Er sprang auf, er rannte zur Tür und pochte und rüttelte daran wie ein Verzweifelter. Kein Laut antwortete seinem Drohen und Flehen.

Endlich mußte er sich ergeben – mußte sich fassen.

»Ich komme wieder, hörst du mich? Ich komme wieder!« sprach er und schritt nach einem letzten Zögern, einem letzten vergeblichen Erwarten, langsam aus dem Gemach.

7

Allein so oft er wiederkam, so ungestüm er nach ihr fragte – Lotti ließ sich nicht sehen. Er schrieb an sie, er bat sie um eine Unterredung, und sie entgegnete, sie wolle dieselbe gern gewähren, wenn er zuvor verspreche, ihres früheren Verhältnisses mit keinem Worte zu erwähnen. Auf diese Bedingung konnte er nicht eingehen, das erklärte er offen in einem zweiten Briefe, der unbeantwortet blieb.

Damit war zwischen ihnen alles zu Ende.

Als sie einander nach langer Zeit zufällig auf der Straße trafen, senkte Lotti die Augen, und Halwig wandte die seinen ab. Später vermieden sie es nicht mehr, einen raschen Blick zu wechseln. Hast du mir nichts zu sagen? fragte der ihre und wurde durch ein kaltes Lächeln, eine Miene spöttischer Gleichgültigkeit erwidert. Nach solchen flüchtigen Begegnungen kehrte Lotti heim mit fliegenden Pulsen und brennender Stirn, und am nächsten Morgen erzählten ihre müden und geröteten Augen von einer durchweinten Nacht.

Aber auch diese letzte, törichte Schwäche ward überwunden. Lotti gewöhnte sich, an dem einst Geliebten vorbeizugehen wie an einem Fremden; sie errötete nicht mehr, wenn sein Name in ihrer Gegenwart ausgesprochen wurde; sie las auch seine Bücher nicht mehr. Sie wurde von ihnen allzu peinlich berührt. Es gab sich darin ein Haschen nach dem Absonderlichen und Unerhörten kund, ein Streben, gemeine Neugier zu wecken, eine Vorliebe, das Krasse, oft sogar das Widerliche zu schildern, die Lotti entsetzten und ihr wie Lästerungen an dem Gotte erschienen, den Halwig selbst sie verehren gelehrt: am Gotte des Schönen.

Jahre vergingen. Feßler starb – kurze Zeit nachdem ihm angekündigt worden, daß er seine »hohe Warte« verlassen müsse, weil das Haus zum Umbau bestimmt sei. Lotti bezog ihre jetzige Wohnung. Gottfried mietete sich bei dem Uhrmacher ein, für den er seit dem Tode seines Pflegevaters arbeitete. Des erlittenen Verlustes immer eingedenk, führten beide still ihr Leben fort; Lotti war von ihrer ersten und einzigen Liebe so vollkommen geheilt, daß sie die Nachricht von Halwigs Verheiratung, die Gottfried eines Tages brachte, mit unbefangener Heiterkeit aufnahm.

Vor drei Jahren hatte sich's ereignet, und Lotti besann sich heute noch des verstörten Gesichts, mit dem Gottfried damals bei ihr erschienen war, der Verlegenheit, der unnötigen Schonung, mit denen er, nach langem Hin- und Herreden seine Neuigkeit plötzlich hervorgestoßen und dabei so beschämt und elend ausgesehen, als ob er eben eine schändliche Handlung begangen hätte.

»Ich muß es dir sagen«, entschuldigte er sich, »du hättest es vielleicht auf eine unangenehme Art erfahren können ... unvorbereitet vielleicht ...«

Lotti sah ihn freundlich an und sagte: »Nun – was hätte das gemacht?«

»Wenn du ihnen aber begegnet wärest wie ich – ganz unerwartet – beim Biegen um eine Ecke ... Arm in Arm.«

»So hätte es mich gefreut«, sagte Lotti.

»Hätte es? ...« Sein Gesicht hatte sich verklärt, er geriet in Begeisterung, und jetzt kam es heraus, daß er schon seit einigen Tagen von der Verheiratung Halwigs unterrichtet war, daß er auch gehört hatte, die junge Frau sei arm, vornehm und schön.

»Das Letztere kann ich bezeugen«, sprach Gottfried mit gedämpfter Stimme, als ob er ein Geheimnis anzuvertrauen hätte, »du und ich, wir haben nie etwas Schöneres gesehen. Sie ist groß – um ein Haar vielleicht größer als du, und so zart, so ätherisch, als wäre sie aus Mondesstrahlen gewoben ... aber nein, das Bild paßt nicht; die Strahlen des Mondes sind kalt, und sie sieht aus wie das junge, rosige Leben ... Ein Kind, sag ich dir, und hat doch schon etwas in den Augen ... Ich war eilig und ging in Gedanken so hin, wäre beinahe an sie angerannt ... Er rief: ›Holla!‹ und sie blickte mich mit diesen prächtigen, sonderbaren Augen unaussprechlich verwundert an, als ob sie sagen würde: Geben Sie doch acht! Ich bin es ja! ... so, daß ich außerordentlich erschrocken stehenblieb und den Hut rückte. Da bemerkte ich erst, daß er den seinen abgenommen hatte. Gesprochen wurde nichts, wir haben beide nur getrachtet, so bald als möglich fortzukommen.«

Gottfried nahm seinen gewohnten Platz in der Fensterecke, dem Arbeitstisch Lottis gegenüber, ein, und sie begann von anderen Dingen zu sprechen. Sie erzählte mit einer Art Entrüstung, daß der Uhrenliebhaber, der einst für ihre Sammlung jenes hohe Angebot gemacht, das Feßler bereute von der Hand gewiesen zu haben, sich wieder melde. Von Amerika aus, wo er lebte – er war ein Deutscher, der dort Glück gemacht –, erneuerte er seinen Antrag in einem Briefe, den sein Agent Lotti überbrachte. Sie sann jetzt über ihre Antwort nach, konnte nicht Worte finden, scharf und bestimmt genug, um ihren unerschütterlichen Vorsatz, sich nie von ihrer Sammlung zu trennen, auszudrücken. Sie hatte Lust, dem »Amerikaner« mitzuteilen, was bisher niemand außer Gottfried wußte, daß der Hausschatz nämlich im Testamente Lottis dem Museum ihrer Vaterstadt vererbt sei, wo er unter dem Namen »Feßlersche Sammlung« auf die Nachwelt übergehen sollte zum Nutzen und zur Freude künftiger Generationen.

Gottfried gab ihr, etwas zerstreut, in allem recht, sprang aber plötzlich von dem Gegenstand ihres Gespräches ab und sagte: »Findest du es nicht verwegen von ihm, ja sehr verwegen, in seinen doch schon reifen Jahren ein Mädchen zu heiraten, wie gesagt, fast noch ein Kind und so wunderschön?«

»Von – ihm? . . . du sprichst von Halwig –« erwiderte sie mit einem verweisenden Blick. – Die sanfte Lotti war gegen Gottfried ausnahmsweise immer ein wenig streng. »Das muß man wissen . . . Reife Jahre ? Ach was! Künstler bleiben immer jung, nur wir altern, wir Arbeitsleute.«

So hatte sie vor drei Jahren die Kunde von Hermanns Verheiratung aufgenommen und seitdem nichts mehr von ihm gehört.

Und jetzt, nachdem sie alles verschmerzt, vieles vergessen, kam ein Bote aus der langentschwundenen Zeit und weckte sie aus ihrer tiefen Ruhe. Sie staunte selbst über die Gewalt des Eindrucks, den sie plötzlich empfangen hatte, über die Pein, welche er verursachte. Doch versuchte sie nicht, sich ihr zu entziehen, dazu kannte sie sich zu gut. Ihre Leiden wollten völlig durchlebt sein, bevor sie sterben konnten. Da half kein Wegschieben, keine Überredungskunst, sie forderten ihr ganzes Recht und wichen erst, nachdem es ihnen geworden.

Sie nahm ihre Arbeit vor. Gleichförmig wie immer spann ihr Tagewerk sich ab. Nachmittags besuchte sie Gottfried in seinem Gewölbe. Allein, was sie auch tat und sprach, unablässig summten ihr die Worte: »Aus Leichtsinn oder Not« im Ohr, und der Gedanke an Halwig verließ sie nicht eine Sekunde. Sie durchwachte eine böse Nacht.

Am nächsten Morgen kam Gottfried und mahnte sie noch einmal, die bei ihr bestellten Arbeiten dem früheren Meister heute selbst zu überbringen.

Sie versprach es, lehnte aber Gottfrieds Antrag, sie zu begleiten, auffallend hastig ab.

»Wie du willst«, sagte er und verabschiedete sich ohne eine Spur von Empfindlichkeit.

Sie blickte ihm eine Weile nach. »Der beste Mensch!« murmelte sie leise vor sich hin und begann ganz gegen ihre Gewohnheit müßig, mit gekreuzten Händen, im Zimmer auf und ab zu gehen.

Ihre alte Dienerin trat ein und verwunderte sich über die Maßen, ihre Herrin unbeschäftigt zu finden. Aber sie freute sich noch mehr als sie sich verwunderte. Der Himmel selbst, meinte sie, beschere ihr eine Gelegenheit, sich so recht nach Herzenslust über die interessanten Neuigkeiten auszulassen, die sie vom Markte mitgebracht. Leider fand sie nur geringe Teilnahme und wurde plötzlich durch die Worte unterbrochen: »Agnes – ich gehe jetzt aus.«

Das war freilich leichter gesagt als getan. Ausgehen? Jetzt? – die Alte entsetzte sich über »diese Idee«. Vor dem Essen war das Fräulein nie ausgegangen, warum denn heut!

Die Frage und die seltsam forschende Miene, mit der sie gestellt wurde, machten Lotti erröten; sie wandte das Gesicht verlegen ab und sagte: »Warum? – ja – – ich könnte eigentlich auch später – wenn du dich beeilen wolltest ...«

Agnes entfernte sich, erschien jedoch bald wieder. Sie überbrachte die Visitenkarte eines fremden Herrn, der das Fräulein dringend zu sprechen wünschte.

Der Agent des »Amerikaners« kam einmal wieder, die Anerbietungen seines Chefs in bezug auf die Uhrensammlung zu erneuern.

Er wurde selbstverständlich abgewiesen. Allein statt sich damit zu bescheiden und sich – zufrieden oder nicht – zu empfehlen, nahm er auf das breiteste Platz in dem Fauteuil und ließ alle fünf Minuten einige wegwerfende Worte über alte Uhren fallen. Nach einer tödlich langen Stunde erhob er sich endlich mit der Versicherung, er wolle vor seiner Abreise noch einmal vorsprechen. Lotti erlaubte sich zu bemerken, das sei ganz überflüssig, worauf er verbindlich erwiderte, er danke und werde sich gewiß einfinden.

Dieser Besuch schien Lotti den Appetit verdorben zu haben, denn sie ließ ihr Mittagsmahl, das von Agnes endlich aufgetragen wurde, unberührt.

Sie kleidete sich rasch und hastig zum Ausgehen an und blieb dann zögernd an der Tür stehen ... sie eilte die Treppe hinab und schritt langsam durch die Straßen ... immer langsamer, je näher sie ihrem Ziele kam.

Sie wollte sich Gewißheit über die Umstände verschaffen, unter denen ihr einstiges Geschenk verkauft worden war. Sie wollte es. Und doch erhoben sich Einwendungen in ihr gegen den unwiderruflichen Entschluß. – Was soll die Gewißheit, nach der du strebst, dir bringen? fragte sie. – Was hast du zu erwarten? Du wirst von einem Leichtsinn hören, den du nicht heilen kannst, oder von einer Not, der abzuhelfen du nicht vermagst. Laß ab! Was quälst du dich? ... Zu wessen Frommen? Du bist längst vergessen – vergiß auch du!

Lotti horchte den leisen abratenden Stimmen und – mit Bewußtsein handelte sie ihnen entgegen.

Jetzt stand sie an der Tür des Uhrmacherladens, jetzt drückte sie die Klinke.

Der Laden war leer, aber aus dem anstoßenden offenen, mit Gaslicht hell erleuchteten Raume schallte ihr ein lauter Wortwechsel entgegen.

»Ich weiß ja, daß ich eine Gefälligkeit von Ihnen verlange!« rief eine Stimme, deren Ton Lotti seit fünfzehn Jahren nicht mehr gehört hatte und die sie dennoch augenblicklich erkannte.

»Ich aber bin nicht in der Lage, Gefälligkeiten zu erweisen. – Entschuldigen Sie, da ist jemand ...« sagte der Uhrmacher, der den Eingang zum Gewölbe nicht aus dem Auge gelassen hatte: »Ah – Fräulein! eben recht ...« Er eilte auf Lotti zu, indem er fortfuhr zu sprechen: »Vierundzwanzig Stunden bin ich im Wort gestanden; jetzt sind drei Tage vorüber; und mit dem besten Willen – wenn ich noch so gern möchte – ich könnte die Uhr nicht beschaffen, denn sie ist –« er warf Lotti einen Blick des Einverständnisses zu, »bereits in anderen Händen. Diese Dame kann es bestätigen.«

Derjenige, dem diese Rede galt, hatte sie mit Äußerungen des Unglaubens begleitet. Als Lottis Zeugnis angerufen wurde, richtete er plötzlich die Augen auf sie, verstummte und starrte sie so vernichtet, so völlig überwunden und ratlos an wie ein Kind, das auf einer schlimmen Tat ertappt wird.

»Mein Gott – Sie? ...« stammelte er, »was werden Sie von mir denken?«

Lotti hatte sich rascher gefaßt als er; sie erwiderte: »Nichts anderes, als daß es schön von Ihnen ist, sich so herzlich nach Ihrer alten Uhr zurückzusehnen.«

Beide schwiegen und sahen einander an. Sie ihn mit leiser, etwas peinlicher Überraschung: er sie halb wehmütig, halb freudig. Seine Verlegenheit war wie durch Zauber verschwunden, und ihm wurde leicht und wohl ums Herz. Ihm schien es, als träte ihm die Erinnerung an die beste Zeit seines Lebens verkörpert entgegen ... nicht die glänzendste, oh, bei weitem nicht! Aber die beste gewiß.

»Fräulein Lotti – Fräulein Lotti«, wiederholte er mehrmals, ohne den Blick von ihr zu verwenden.

Er fand in ihrem Gesicht den Ausdruck, den er einst geliebt hatte, wieder. Hübsch war sie nie gewesen, doch konnte sie schön sein, wenn ihre Seele sich in ihren Zügen spiegelte, wenn der Abglanz ihrer reinen Gedanken auf ihrer Stirn sichtbar wurde, wenn eine Gemütsbewegung ihre Wangen rötete – so wie jetzt ... Was lag daran, ob leichte Falten diese Stirn furchten, ob diese Wangen schmaler geworden? Die Augen blickten so gütig, wie je; die rosige Farbe der Lippen hatten die Jahre verwischt, den Zug von Sanftmut und stiller Heiterkeit, der sie umspielte, jedoch nur tiefer eingeprägt ... Ja, sie war es, war dieselbe noch! und – sie hat sich wenig verändert, dachte er.

Lotti hingegen dachte: Er hat sich sehr verändert. Worin aber? fragte sie sich. Die Zeit ist ja doch schonend an ihm vorübergezogen. Seine Gestalt hatte sich jugendlich schlank erhalten. Die Farbe seiner Haare und seines Gesichtes waren dunkler, sein Bart und seine Brauen waren lichter geworden. Die Augen lagen tiefer, und schon bildeten sich Ringe um dieselben, doch funkelten sie noch feurig wie sonst; er war noch immer ein Bild männlicher Schönheit, sein Wesen noch immer anziehend und gewinnend. Allein der Charakter seiner Erscheinung hatte eine gewaltige Änderung erfahren. Keine Spur des Künstlers war mehr an ihm. Er sah wie ein vollendeter Weltmann, sogar ein wenig stutzerhaft aus. Das Haar war kurz gehalten, der Backenbart nach englischer Mode zugeschnitten, und die nämliche und allerneueste Mode hatte auch die Form des langen lichten Oberrocks, den er trug, bestimmt, hatte bei der Wahl des glänzenden Zylinders, der sportsmäßigen Krawatte, der Handschuhe aus Hundsleder den Ausschlag gegeben. Wenn Kleider Leute machen würden, hätte man ihn für ein Mitglied des Jockeyklubs halten müssen. Er hatte jedoch nur die äußere Hülle eines Engländers, nicht dessen Art und Weise angenommen – vielleicht nicht anzunehmen vermocht. Es war nichts von steifer Gleichgültigkeit in dem Tone, in welchem er sich an Lotti wendete und sie versicherte, er freue sich des Wiedersehens, trotz der ihn beschämenden Umstände, unter denen es stattfand. Er bat sie, ihn anzuhören, bat, ihr seine törichte und leichtsinnige Handlung, die allerdings unverzeihlich sei, wenigstens erklären zu dürfen.

Lotti unterbrach ihn und meinte, daß sich wohl mehr werde tun lassen. Sie wandte sich an den Kaufmann, und ihrer eindringlichen Fürsprache gelang es nach einiger Bemühung, den übereilten Handel rückgängig zu machen. Sodann verabschiedete sie sich von dem alten Geschäftsfreunde und verließ das Gewölbe zu gleicher Zeit mit Halwig.

»Ihre Uhr ist bei mir«, sagte sie zu ihm, »in drei Tagen schicke ich sie hierher, da kann sie abgeholt werden.«

Er wollte in Worte des Dankes ausbrechen, sie aber grüßte so deutlich verabschiedend, daß ihm nichts übrigblieb, als diesem Winke zu gehorchen. Er verneigte sich, trat zurück, und sie schlug den Weg nach ihrer Wohnung ein.

Sie war schon eine ziemlich große Strecke gewandert, als sie durch rasch hinter ihr hereilende Schritte eingeholt wurde und Halwig an ihrer Seite erschien.

»Verzeihen Sie mir«, sagte er, »verzeihen Sie, Fräulein Lotti ... eine große Bitte ...«

»Nun?«

»Erlauben Sie mir, meine Uhr selbst bei Ihnen abholen zu dürfen?«

»Das steht Ihnen frei!« antwortete sie.

»In drei Tagen also! ... Um diese Zeit, nicht wahr? Ich komme, ich danke Ihnen ... das ist eine Freude!«

»Die hätten Sie sich längst machen können.«

»Können? ...« wiederholte er fragend, »haben Sie mir nicht dereinst gesagt, nur wenn ich ein Leid zu klagen hätte, mög ich kommen? Nun, Fräulein Lotti, ich hatte keines zu klagen außer demjenigen, das Sie selbst mir damals angetan haben ... und das ich allein tragen und überwinden mußte ... In allem übrigen bin ich glücklich gewesen ...«

»Und davon sollte ich nichts wissen?« unterbrach sie ihn.

»Davon wollten Sie nichts wissen ...«

»O wie kindisch! Ist es möglich, Halwig, so kindisch sind Sie geblieben?«

Er fiel sogleich in den heitern Ton ein, den Lotti angestimmt hatte. Erst die Frage, die sie an ihn stellte, wie es denn komme, daß sie ihm seit Jahren nicht einmal mehr auf der Straße begegnet sei, stimmte ihn ernster.

»Ach«, sagte er mit einem Seufzer, »ich bin ja wie der Vogel der Minerva. In der Dämmerung beginne ich meinen Flug. Tagsüber schmiedet mich die Arbeit an meine Stube fest ... freilich keine unnütze Arbeit – eine lohnende und erfolgreiche ...« Er warf den Kopf stolz zurück. »Überdies«, setzte er, als Lotti schwieg, mit veränderter Stimme hinzu, »habe ich diesen Winter und den vorigen in England zugebracht, die Gesundheit meiner kleinen Frau machte einen längeren Aufenthalt in einer kräftigeren Luft notwendig.«

»Sie ist leidend?«

»Nichts von Bedeutung. Gott sei Dank, nichts, das mir den geringsten Grund zu Besorgnissen gäbe.«

»Sie müssen mir von Ihrer Frau erzählen, Halwig.«

»Ich will sie Ihnen bringen!« rief er, hielt aber sogleich inne, wie jemand, der ein übereiltes Wort gesprochen hat, und setzte zögernd hinzu: »Das heißt, wenn meine Frau – ich wollte sagen, wenn Sie es mir erlauben.«

»Erlauben – wie denn? – ich bitte Sie darum.«

Sie waren bei dem Hause Lottis angelangt, und diese blieb stehen. »Hier wohne ich«, sprach sie, »hoch oben im dritten Stock.«

»Hier also – gut – hier suche ich Sie auf, in drei Tagen ... Wie glücklich wäre ich, unser kaum begonnenes Gespräch jetzt schon fortsetzen zu können – aber ich bin ein Sklave ... ein freiwilliger natürlich – einer, der vernarrt ist in seine Sklaverei ... Auf Wiedersehen denn!« Er ergriff ihre Hand und drückte sie mit Wärme: »Fräulein Lotti – so haben wir uns doch endlich wiedergefunden!«

»Und wie mir scheint«, antwortete sie, »als ganz gute Freunde.«

8

Am dritten Tag, zur bestimmten Stunde, fand Halwig sich ein.

»Agnes, kennen Sie mich noch?« sprach er, ins Vorgemach tretend, dessen Tür die Alte ihm geöffnet hatte.

Agnes erwiderte ausweichend: »Das Fräulein hat mir schon gesagt, daß Sie kommen werden.« Der harte Blick, mit dem sie ihn empfangen hatte, wurde allmählich milder.

»Aber ich hätte Sie auch so erkannt; Sie sehen ja prächtig aus.«

»Sie noch besser, Agnes, Sie noch viel besser!«

Die Alte schmunzelte und dachte: Jetzt geht es mir wieder mit ihm, wie es mir immer gegangen ist.

Im Grunde ihres Herzens hatte sie von jeher eine tiefe Abneigung gegen ihn gehegt. Sie war eifersüchtig auf die Geltung, die er im Handumdrehen im Hause erlangt, sie verabscheute seine Tätigkeit. »Was tut er?« meinte sie, »er schreibt? Er kritzelt? Saubere Arbeit für einen Mann – nähen wäre ebensogut. Ich möchte einen Schreiber geradesowenig wie einen Schneider.« Da sie niemals Gelegenheit gehabt, diese Behauptung zu beweisen, war es ihr freigestellt, ihren Haß maßlos zu überschätzen. Trotzdem blieben Halwigs Bewerbungen um ihr Wohlwollen nie ohne Erfolg. Wenn er sie freundlich gegrüßt, wenn er fünf Minuten lang mit ihr geplaudert hatte, gestand sie es regelmäßig zu: »Er ist halt doch ein lieber Mensch.«

»Darf ich eintreten«, fragte er, »oder wollen Sie so gütig sein, mich anzumelden?«

»Nicht notwendig, das Fräulein erwartet Sie, und Herr Feßler auch.«

»Gottfried auch?«

»Ja, ja«, bestätigte Lotti, die auf der Schwelle des Zimmers erschien, »zwei alte Freunde heißen Sie willkommen.«

Gottfried stimmte nicht sehr laut in ihre Worte ein, zeigte sich anfangs ein wenig abweisend, aber das dauerte nicht lange. Bald empfand auch er jenes eigentümlich freudige, Herz und Zunge lösende Gefühl, das in reifen Jahren durch das Wiedersehen mit einem Genossen der Jugendzeit erweckt wird.

»Und wie lebst du jetzt?« fragte er, nachdem sie genugsam in Erinnerungen geschwelgt hatten.

Halwig lehnte sich in den altertümlichen Sessel zurück,

der ihm eingeräumt worden war, und kreuzte die ausgestreckten Beine. »Freund«, lautete seine langsam gesprochene Antwort, »ich lebe nicht – ich schreibe.«

Lotti sah ihn befremdet an, und ein tiefes Mißbehagen schien sich seiner unter diesem Blicke zu bemächtigen; die Stimme erhebend fuhr er fort: »Ich schreibe vom Morgen bis zum Abend oder – zur Abwechslung – vom Abend bis zum Morgen ... Es gibt einmal nichts so Unpoetisches wie das Dasein eines Poeten im neunzehnten Jahrhundert ... Aber was ist zu tun, wenn man einen Haushalt mit der Feder bestreiten muß?«

»Das kann dir nicht schwer werden«, meinte Gottfried, »ein gefeierter Dichter wie du ...«

»Heuchle nicht, Gottfried! Was weißt du davon, ob ich ein gefeierter Dichter bin?«

»Nun – man nimmt doch auch manchmal eine Zeitung zur Hand.«

»Daher schöpfst du deine Nachrichten? Gehst zum Fasse statt zum Quell ... Und Sie, Fräulein Lotti, verschmähen Sie es gleichfalls, sich selbst zu überzeugen, ob ich den Ruf verdiene, den man mir macht?«

»Verschmähen?« wiederholte sie, »nein. Aber, lieber Halwig, ich altmodische Person lese schon seit langer Zeit nichts Neues mehr.«

»Sie tun vielleicht sehr gut daran«, sprach er nicht ohne leisen, etwas ironischen Verdruß.

Er erhob sich, trat an den Bücherschrank und las halblaut die Titel einiger darin aufgestellter Werke. »Da sind noch alle, die alten Bekannten ... Ja, ja, Ihre Umgebung hat sich ebensowenig verändert wie Sie selbst. Der Raum ist kleiner geworden«, sprach er und blickte sich in der Stube um, »die Gegenstände sind dieselben geblieben. Aber – wo ist denn die Sammlung, der Schatz des Hauses?«

Lotti deutete nach der Ecke des Zimmers. »Dort steht sie.«

»Unvermindert? In ihrer ganzen Herrlichkeit?«

»Jawohl, in ihrer ganzen unvergleichlichen Herrlichkeit.«

»Wirklich?«

»Wie können Sie daran zweifeln? Ein Geizhals würde sich leichter von Hab und Gut trennen als ich mich von einer meiner Uhren.«

»Nicht einmal eine wäre Ihnen feil? – Um gar keinen Preis? Nicht um Wohlhabenheit, nicht um Reichtum?«

»Welche Fragen!« erwiderte Lotti beinahe verletzt.

Halwig nahm seinen früheren Platz wieder ein; er stützte die Arme auf seine Knie und sah eine Weile nachdenklich vor sich hin. Da plötzlich erhob er die Augen zu Lotti: »Idealistin! Sie wohnen in einer Nußschale unter dem Dach, plagen sich ums tägliche Brot, verzichten auf alle Annehmlichkeiten des Lebens, um nichts zu schmälern von einem eingebildeten Wert ... Sie haben recht! ... Bewahren Sie sich, was Ihnen unschätzbar ist!« schloß er wehmütig, schlug jedoch gleich darauf mit einem der unvermittelten Übergänge, die ihm immer eigen gewesen waren, einen heitern Ton an. Er nannte sich einen glücklichen Menschen und pries sein Schicksal, das ihn endlich wieder mit seinen alten Freunden zusammengeführt. Der Verkehr mit ihnen sei das einzige gewesen, wonach er eine Sehnsucht empfunden, die sich oft bis zum Schmerze gesteigert. Jetzt war auch diese erfüllt. Ihm fehlte nichts mehr. Er begann von seiner Frau zu erzählen, und wie er sie im Sturm gewonnen, trotz des Widerstandes, den ihre Eltern, ihre Geschwister, »die ganze hochadelige Sippe« gegen ihre Verbindung mit ihm aufgeboten habe. Anfänglich wurde sein Haus von den Verwandten seiner Frau gemieden – nur anfänglich ...

»Seitdem sie sich überzeugt haben, daß meine Kunst keine brotlose ist«, sprach er lachend, »bin ich merkwürdig in ihrer Achtung gestiegen, und das freut mich, obwohl ich keinen Grund habe, viel Gewicht auf ihre Meinung zu legen. Es sind sehr ehrenwerte Leute, aber durchaus keine überlegenen Geister. Ein wirkliches Band besteht nicht zwischen uns ...«

»Einfluß nehmen sie aber doch auf dich«, versetzte Gottfried. »Dein Äußeres hat sich völlig dem der Weltmenschen anbequemt. Der Tausend! was bist du nobel geworden ... ich bewundere dich schon die ganze Zeit im stillen.«

»Spotte nur«, sagte Halwig. »Übrigens, lieber Alter, die Zeiten sind vorbei, in welchen man den Dichter am wallenden Lockenhaar und am abgeschabten Flausrock erkannte. Den Wunsch, genial auszusehen, habe ich allerdings aufgegeben. Aber nicht infolge äußerer Einflüsse, sondern dank meinem verbesserten Geschmack.«

Gottfried blinzelte ihn freundlich an. »Sehr gescheit«, sprach er; »deine Leute können mit deiner stattlichen Erscheinung zufrieden sein. Und deine Bücher, sage mir, finden die bei ihnen gehörige Anerkennung? Gefallen sie ihnen, wie du selbst ihnen gefallen mußt?«

»Meinen Leuten – Bücher? ... meinen Leuten? – Freund, ich frage mich manchmal, ob sie lesen können«, entgegnete Halwig und fuhr nach einem Blick voll Verwunderung, den Lotti auf ihn geworfen, rasch fort: »Das gilt nur von den Männern! Die Frauen lesen, die – ja. Und zwar die alten französische, und die jungen englische Romane. Welche Früchte diese Lektüre den ersten trägt, weiß ich nicht; die zweiten holen sich aus der ihrigen Begeisterung für englische Sitten und Gebräuche und für alle Arten von Sport. Sie verstehen sich auf Pferde trotz eines Maquignons, reden wie die Jockeys und – sind reizend. – Ja, ich muß gestehen, daß ich sie reizend finde, obwohl ich mich nicht im geringsten täusche über ihre stupende Oberflächlickeit ... Aber – was geht die mich an? Mich unterhalten, mir gefallen diese Amazonen in Schleppkleidern; meinetwegen dürfen sie bleiben, wie sie sind ... Die Klagen über die Fehler der

Aristokraten, über ihre Frivolität, Genußsucht und Unwissenheit hört man bis zum Ekel wiederholen; allein, wer hat jemals freundschaftlich mit ihnen verkehrt und sich dabei nicht wohlgefühlt? – Man hat überhaupt keinen Sinn für das Anmutige und Schöne, wenn man keinen hat für die Anmut und Schönheit ihrer Umgangsformen ... freilich, eine Ahnung vom Talent zu dergleichen Dingen muß man mitbringen, um diese Vorzüge gelten lassen zu können ... diese Ahnung fehlt nicht dem großen Publikum, das unsere ist vortrefflich, keine Nation der Welt vermag ein besseres zu bilden – es fehlt den Wortführern des Publikums, meinen Herren Kollegen und lieben getreuen, immer dienstbeflissenen Feinden.«

»Deine Kollegen und Feinde?« fragte Gottfried ganz verwundert über diesen plötzlichen Ausfall.

»Nun ja! – Ich habe zuviel Glück und habe stets zuviel Glück gehabt, um ohne Neider zu sein. Sie tun, was sie können, um mir meine Erfolge zu verkümmern, allein die Mühe ist verloren. Noch befinde ich mich im Vollbesitze meiner Kraft und hoffe, nicht so bald zu erlahmen – geschahe das – erwachte ich eines Tages und wäre kein Dichter mehr – wie man behauptet, daß es geschehen könne, anderen schon geschehen sei – versiegte plötzlich der Quell, aus dem ich gewöhnt bin, ohne Maß zu schöpfen – ja dann ...« er griff sich mit beiden Händen an den Kopf, »dann wäre ich verloren ... denn alles, was ich bin und habe, steht und fällt mit meinem Talent. Mein Haus ist darauf gegründet, die Zukunft meiner Frau ... geistige Verarmung hätte für mich so viel zu bedeuten wie materielle Not – und das hieße sie betrogen haben, die mir in unbegrenztem Vertrauen gefolgt ist ... Närrische Gedanken –« unterbrach er sich mit einem gequälten Lachen, »ich kenne mich und fürchte nichts. Aber die Phantasie, die uns beseligt, will auch peinigen. Nur zu! ... In der Einbildung müssen wir das Furchtbare durchmachen, das uns die Wirklichkeit erspart – das ist der Tribut, den der Glückliche dem allgemeinen Menschenelend bezahlt ... Und, daß er reichlich bezahle, dafür sorgen die eigenen, in dem Geschäft, das ich betreibe, bis zum Zerreißen gespannten Nerven, und die Bemerkungen der süßen Neider, oder die Ratschläge der weisen Freunde. Auf dem Wege hierher bin ich dem weisesten von allen begegnet ... Was der nicht alles wußte, nicht alles kommen sah! Wie der so eindringlich bat, als hänge sein eigenes Heil davon ab: Gönne dir Ruhe! Sündige nicht auf dein Talent – du brauchst Sammlung, Erholung ... Wohl brauch ich sie, aber sie mir gönnen heißt abtreten, anderen Platz machen ... O nein, ich weiche nicht, ich bleibe und fühle Nerv und Stärke genug in mir, der ganzen heranwachsenden Epigonengeneration standzuhalten ... Ich traue mir's zu, sie alle zu überdauern, diese altklugen Kinder mit ihrem riesigen Wollen und ihrem zwerghaften Können ... Aber ich ermüde Sie mit diesen literarischen Miseren ... Lassen Sie uns von angenehmeren Dingen reden ...«

Er gab dem Gespräch eine andere Wendung, er bemühte sich, die frühere Heiterkeit wiederzugewinnen. Allein es war vergeblich. Endlich erhob er sich und nahm Abschied. Sehr bald, so bald, als es ihm nur irgend möglich sei, wollte er mit seiner Frau wiederkehren, die er im voraus der Freundschaft und Güte Lottis empfahl.

»Wie kommt er dir vor?« sprach Gottfried zu Lotti, als sie wieder allein waren.

Sie sah an ihm vorüber durch das Fenster und antwortete zögernd: »Wie dir.«

»Schad um ihn.«

»Ja, traurig.«

Wenige Tage darauf schrieb Frau von Halwig an Lotti einen zierlichen kleinen Brief. Sie war im höchsten Grade ungeduldig, Fräulein Feßler kennenzulernen. Sie forderte ihren Anteil an der Freude, die ihrem Manne durch das Wiederfinden seiner Jugendfreundin beschert worden war. Es machte sie wirklich trostlos, dem Zug ihres Herzens nicht folgen und statt dieser in Eile hingeworfener und schlecht geschriebener Zeilen selbst bei Fräulein Feßler erscheinen zu können; aber ein Unwohlsein und die Unerbittlichkeit des Arztes machten das unmöglich. Ja, wenn Fräulein Feßler großmütig sein und eine arme, an das Zimmer gefesselte Kranke mit ihrem Besuche beehren wollte, wie glücklich würde diese sein ... Auf ein solches unverdientes Entgegenkommen wagte freilich diejenige nicht zu hoffen, die sich mit herzlichster und wärmster Verehrung Lottis ergebenste Agathe Halwig nannte.

Die Empfängerin dieses Schreibens las und las es wieder, und ein Gefühl von entzückter Beschämung bemächtigte sich ihrer. Es stieg ihr heiß in die Wangen, sie meinte plötzlich tief in der Schuld der jungen Frau zu stehen, deren sie bisher entweder gar nicht, oder wenn – ohne das geringste Wohlwollen gedacht und die ihr jetzt so liebenswürdig nahte, mit solcher Bescheidenheit, ja man konnte sagen, mit kindlicher Ehrfurcht ... Sie wollte sofort schriftlich antworten, besann sich aber eines andern. Nein, mit ihrer schwerfälligen und altmodischen Schrift dürfte sie nicht ausrücken, der Besitzerin der schönsten »grande anglaise« gegenüber, die Lotti jemals gesehen hatte. So beschloß sie denn, eine mündliche Antwort zu geben, und trat in das Vorzimmer, um dieselbe dem wartenden Boten aufzutragen.

An der offenen Tür der Küche lehnte nachlässig, mit gekreuzten Armen und Beinen, ein Mittelding zwischen Groom und Lakai, ein untersetztes, glotzäugiges Bürschchen im grünen Leibrock mit gelben Wappenknöpfen, eine blanke, goldbetreßte Tellerkappe zwischen den Fingern. Von der Höhe seines herrlichen Selbstbewußtseins herab beobachtete er das Walten Agnesens in ihrem kleinen Bereiche. Er veränderte seine lümmelhafte Haltung nur wenig, als Lotti rasch und in großer, freudiger Aufregung auf ihn zukam und ihn bat, seiner Gebieterin zu melden, sie gedenke heute noch bei derselben vorzusprechen.

»Heute nicht«, versetzte das Bürschchen und lächelte mit dem ganzen impertinenten Gesicht. »Morgen lassen die Frau Baronin bitten, morgen um ein Uhr.«

»Morgen? – Gut denn, morgen.«

Es schien Lotti ein wenig befremdlich, daß die junge Frau, die nicht den Mut gehabt, sie um ihren Besuch zu bitten, doch mit Sicherheit auf ihn gerechnet haben sollte; aber sie machte sich nicht lange darüber Gedanken. Sie kehrte wieder zu ihrem lieben, Auge und Herz gewinnenden Brief zurück. Da lag er, sorgfältig gefaltet in seinem schimmernden Kuvert, und duftete köstlich nach Ylang-Ylang. Von neuem erquickte sich Lotti an seinem Anblick. Nein, es gab nichts Gutes und Schönes, das man ihr nicht zutrauen müßte, die ihn geschrieben. Lotti drückte ihn an ihre Wange, hielt ihn zärtlich in ihren flachen Händen und legte ihn endlich in das Kästlein, in welchem sie ihre teuersten Erinnerungen bewahrte: das Miniaturbild ihrer Mutter, Andenken an den Vater, Briefe, die Gottfried aus der Fremde gesandt, die Eheringe ihrer Eltern, ihren eigenen Verlobungsring.

Aber aus diesem Reliquienschreine zog sie ihn am nächsten Morgen wieder hervor, um ihn Gottfried mitzuteilen.

»Lies!« rief sie, als er erschien, und hielt ihm das Blatt entgegen. Er gehorchte, nachdem er zuerst nach der Unterschrift gesehen und ein verwundertes »Oho!« ausgestoßen hatte. Seine Miene blieb ganz gleichgültig.

»Hast geantwortet?« fragte er, nachdem er zu Ende gekommen.

»Natürlich! Ich gehe zu ihr.«

»Das ist beschlossen?« Gottfrieds Ton klang mißbilligend, und er warf das Schreiben mit einer Gebärde voll Geringschätzung auf den Tisch.

»Es ist beschlossen«, entgegnete Lotti ärgerlich.

Er murmelte einige unverständliche Worte.

»Was sagst du?«

»Nichts. – Wenn es schon beschlossen ist, nichts.«

»Und der Brief gefällt dir nicht? Freut dich nicht?«

»Mich freut nur die Freiherrnkrone auf dem Papier. Seit wann ist der Halwig baronisiert worden?«

»Gottfried!« rief Lotti, »es ist deiner ganz unwürdig, so kleinlich zu sein.«

»Ist das kleinlich?« sagte er, nicht ohne einige Beschämung.

»Ungeheuer! So ungeheuer, als etwas Kleines nur irgend sein kann.«

Er lachte und war wieder der gute, liebe Gottfried, der »beste Mensch«. Er konnte übrigens nur einige Augenblicke verweilen, es gab sehr viel zu tun. Das neuerrichtete Geschäft ließ sich vortrefflich an, und doch wollte er nicht so ganz Kaufmann werden, daß er am Ende seine Uhrmacherei darüber vernachlässigte. Fortschritte meinte er freilich unter den jetzigen Umständen nicht mehr machen zu können, aber verlernen wollte er nichts, und schon das forderte ein ganz knappes Wirtschaften mit der Zeit.

Lotti hatte seiner raschen Auseinandersetzung herzlich zugestimmt. »Du bist recht zufrieden?« fragte sie plötzlich.

»Recht zufrieden«, wiederholte er, vermied aber dabei, dem freundlich forschenden Blick zu begegnen, den sie auf ihn heftete.

Gottfried hatte das Zimmer kaum verlassen, als Agnes mit der Meldung erschien, Herr von Halwig sei da und wünsche das Fräulein zu sprechen.

»Es muß ihm etwas sein«, flüsterte die Alte, und ihr vertrocknetes Gesicht geriet in das blitzende Zucken, das bis zum Äußersten gespannte Neugier auf demselben hervorzurufen pflegte. »Was ihm wohl sein mag?«

»Laß ihn doch kommen!« rief Lotti, und schon, nach einem leichten Pochen an der Tür, trat Halwig so eilig ein, wie die alte Agnes sich langsam und zögernd entfernte.

»Entschuldigen Sie die frühe Stunde, ich werde Sie nicht lange stören«, sprach er, »ich bin nur da, um Ihnen für Ihre Güte gegen meine Frau zu danken und um Ihnen zu sagen, wie sehr leid es mir tut, bei Ihrer ersten Begegnung mit Agathe nicht gegenwärtig sein zu können ... Nein, nein!« fügte er ablehnend hinzu, da ihm Lotti einen Sessel anwies, »ich setze mich nicht, ich bleibe, mit Ihrer Erlaubnis, hier an dem Platze Gottfrieds stehen, Ihnen gegenüber, Fräulein Lotti ...«

Er sprach hastig und abgebrochen, mit sichtbarer Mühe, die raschen Atemzüge zu verbergen, die seine Brust ängstlich beklemmend hoben.

»Was fehlt Ihnen, Halwig?« fragte Lotti und trat an seine Seite, »Sie sehen schrecklich aufgeregt und übermüdet aus.«

»Die natürliche und völlig unschädliche Folge einiger am Schreibtisch durchwachten Nächte ... das geht vorüber ... Sehen Sie mich nur recht an – nur recht tief, nur recht lang, mit Ihren milden, frommen, friedlichen Augen – es tut mir wohl und beruhigt mich, und ich brauche Ruhe zu dem schweren Gang, den ich heute zu machen habe ...« Er hielt inne, und Lotti sagte nach kurzem Schweigen sanft und eindringlich: »Fahren Sie fort, schenken Sie mir Ihr ganzes Vertrauen ... Sie wissen, Sie müssen sich noch erinnern, wie großen Wert ich auf Ihr Vertrauen lege. Darin, lieber Freund, habe ich mich nicht verändert.«

»Ja, ja! fordern Sie Vertrauen von mir, lehren Sie mich wieder Vertrauen haben«, rief er, »ich habe das inmitten der Mißgunst, die mich umgibt, verlernt.«

»Halwig, diese Mißgunst – besteht sie nicht vielleicht einzig und allein in Ihren selbstquälerischen Einbildungen? ... Ich frage nur –« beeilte sie sich entschuldigend einzuwerfen, als er im Begriffe schien, heftig aufzufahren. »Weisen Sie mich zurecht, wenn ich irre ... Halwig – Sie haben neulich von jemand gesprochen, der Ihnen riet, sich Ruhe zu gönnen – dem stimm ich bei, sein Rat war gut.«

»Es wäre gut, wenn sich ein Zeichen des Überreizes, des Verfalls in meinen letzten Arbeiten finden ließe ... Das läßt sich darin nicht finden! ... Mit jedem Werke, welches ich in die Welt sende, wächst meine Popularität, es gibt keine Zeitschrift, kein Journal, das nicht um meine Mitarbeiterschaft buhlt; wenig Autoren dürfen sich rühmen, soviel gelesen zu werden wie ich. – In faden Harmlosigkeiten freilich darf ich mich dabei nicht ergehen, auf einige Verblüffung läuft es immer hinaus – dem Geschmack der Zeit muß man Konzessionen machen ... man muß ... Welcher Künstler ist groß geworden und hat das nicht getan? ... Lesen Sie, lesen Sie doch einmal eines meiner Bücher und sagen Sie dann, ob ich mich, wie der schöne Ausdruck lautet, ›ausgeschrieben‹ habe? Ob ich verwässere und verflache?«

Er stieß ein kurzes Gelächter aus und versank in Gedanken, aus denen ihn Lotti mit den Worten weckte: »Sie sprachen von einem unangenehmen Gang, den Sie zu machen haben ...«

»Unangenehm ist ein milder Ausdruck. Abscheulich, gräßlich soll es heißen ... Ich will Ihnen sagen, was ich zu tun habe: einem Menschen gute Worte geben, dem ich am liebsten einen Fußtritt gäbe ... aber ich stehe in seiner Schuld, und mir bleibt nichts übrig, als –« die Augen funkelten ihm vor Zorn, und er warf die Lippen verächtlich auf –, »als mich vor ihm zu demütigen.«

»Eine – eine Geldschuld?« fragte Lotti zaghaft.

»Nein – ja – wie man will ... Ich habe mich herbeigelassen, eine Vorauszahlung von ihm anzunehmen auf einen Roman, der im Feuilleton seiner Zeitschrift erscheinen soll ... und kann dieser Verpflichtung nicht nachkommen ... es ist mir unmöglich, trotz all meiner Arbeitskraft, all meines Fleißes. Heute sollte ich meinen ersten Band abliefern, und heute muß ich das Geständnis ablegen, daß er noch nicht begonnen ist – muß um Zeit bitten, um Geduld – –«

»Wär's nicht besser, den peinlichen Vertrag ganz zu lösen, Halwig?« sprach Lotti.

»Das kann ich nicht –«

»Wenn Sie ihm die erhaltene Summe zurückerstatten würden ...«

»Das kann ich nicht!« wiederholte er übereilt und verbesserte sich sogleich: »Darauf ginge er nicht ein – der Seelenverkäufer läßt mich gewiß nicht los ... Aber – darf ich's denn verantworten, daß ich Sie zu langweilen komme mit dem Berichte dieser Jämmerlichkeiten, die Ihrem Gesichtskreise so fern liegen, so tief unter Ihnen stehen?«

»Diese Frage, Halwig, die können Sie allerdings nicht verantworten«, sprach Lotti. »Mir liegt nichts fern, was Ihnen Unruhe und Pein zu verschaffen vermag. Vergessen Sie das nie und nimmermehr.«

Er fuhr mit der Hand über seine Stirn. »Ich habe es nicht vergessen ... Sie sehen ja ... Von jeher waren Sie bestimmt, mir Trost und Segen zu sein ... von jeher war ich bestimmt, Sie zu quälen ... Das Schicksal erfüllt sich ... Leben Sie wohl! ...« rief er, wandte sich plötzlich und schritt dem Ausgange zu. Mit einem Male blieb er jedoch stehen. Seine Augen hatten sich fest und starr auf ein kleines Bild gerichtet, das an der Wand über dem Arbeitstische hing. Das wohlgetroffene Bild Meister Feßlers.

»Ihr Vater ... Ihr Vater, das war ein Mann! Er hatte alles vom Künstler, nur nicht die Selbstsucht, nur nicht den Ehrgeiz. Er kannte die Affenliebe für seine Produkte nicht, und nicht die blinde Freude an dem Geschaffenen, sondern nur die große Freude an seinem Schaffen ... Er trieb sein Handwerk wie eine Kunst. Wir – treiben unsere Kunst wie ein Handwerk«, sprach er dumpf und schmerzlich und verließ das Zimmer.

9

»Wohin geht denn unser Fräulein in solchem Staat?« sprach das Schneiderlein im vierten Stock des Nachbarhauses.

»Macht gewiß Visiten«, meinte Leopoldine und beugte sich recht weit aus dem Fenster, um Lotti nachzublicken, die soeben über den Platz schritt.

Der Alte folgte dem Beispiel seiner Tochter und rief in Begeisterung: »Schau, schau! Es gibt doch nichts Schöneres als ein schwarzes Seidenkleid ... Aber Falten muß es haben, muß sich so gewiß ausbreiten – das ist anständig, das ist elegant!«

»Nein, elegant ist es just nicht!« erwiderte Leopoldine, ihr kleines, breites Näschen rümpfend.

»Nicht? Kannst du dir das Fräulein denken in so einer modernen Ofenröhre, wie du da hast?« rief der Schneider, indem er verächtlich auf das enge Kleid deutete, das seine Tochter trug.

»Sie nicht – sie freilich nicht –«

»Freilich nicht!« spottete der Vater ihr nach, »und hätte doch eher als tausend Jüngere die Gestalt dazu, ist ja gewachsen wie eine Tanne.«

»Nein, nein, sie soll nur bei ihren alten Moden bleiben, ihr steht's, ein anderes dürft's nicht tragen.«

»Und warum nicht? Weil es praktisch ist? Weil es geschmackvoll ist?« polterte der Alte, und der Zank zwischen den beiden entbrannte.

»Sagt, was Ihr wollt!« platzte das Mädchen plötzlich heraus, »wenn Ihr einmal tot seid, halte ich mir doch ein französisches Modejournal!«

»Dann kannst du's tun«, schrie der Vater gereizt, aber nicht gekränkt durch diese brutale Äußerung.

Seine Tochter biß sich auf die Lippen, aus ihren dunkeln Augen schoß ein Strahl innigster Liebe: »Deswegen braucht Ihr noch nicht zu sterben«, sprach sie.

»Fällt mir auch gar nicht ein.«

Und sie gingen an die Beendigung eines höchst unmodern gestreiften Sommerkleides.

Im gegenüberstehenden Hause hatten die Horatier im Fenster gelegen und Lotti, als sie vorüberkam, mit lautem Jubelgeschrei begrüßt. Auch die weiße Katze hatte ihr vom Dache herunter nachgeschaut und dabei ein derart gescheites Gesicht geschnitten, als ob sie allerlei interessante Dinge wüßte, von denen andere sterbliche Wesen niemals etwas erfahren.

Lotti aber schritt dahin, erfüllt von den verschiedenartigsten und dennoch so gleich mächtigen Empfindungen, daß sie nicht vermocht hätte zu sagen, welche die vorherrschende sei. Vielleicht war es ein geheimer Tatendrang – der Wunsch, Einfluß auf die Frau Halwigs zu gewinnen, und die Hoffnung, wenn das gelang, durch sie dem Selbstzerstörungswerk Einhalt zu tun, in dem der Dichter begriffen war. Sollte jene aber nichts wissen von seinen schweren Seelenkämpfen? Sollte sie, wenn er auch schweigt – nichts davon erraten haben? Ist es nicht offenbarer Unverstand, sich einzubilden, daß eine Fremde kommen müsse, um der Gattin die Augen zu öffnen? Und dennoch – dennoch – trotz aller Einwendungen ihres Verstandes blieb Lotti von einer Ahnung durchdrungen, für die ihr jeder Grund, jeder Anhaltspunkt fehlte, der Ahnung: die Frau, die er liebt, weiß nichts von seinem inneren Leben.

Lotti war im neuen Stadtteil vor dem neuen Hause angekommen, das Halwig bewohnte. Nett wie ein Schächtelchen stand es da; alles darin frisch und blank und fast blendend vor Glanz und Farbenpracht, alles geschmackvoll und schön: die Malereien an den Wänden und am kuppelartigen Gewölbe des Stiegenhauses, die vergoldete Rampe, die schneeweißen Treppenstufen. Die einfache Lotti, die Freundin des Alten, sah sich um in all der bunten, jungen Herrlichkeit und meinte im stillen, das Neue könne einem doch auch gefallen.

Sie bemühte sich, den Außendingen recht viel Aufmerksamkeit zu schenken, sie hoffte sich dadurch von der seltsamen Beklemmung zu befreien, die sich ihrer bemächtigt hatte. Doch half es wenig, und Lottis Herz pochte fast laut, als sie das erste Geschoß erreicht hatte und den Drücker neben einer hohen, hübsch stilisierten Tür berührte, die sich nach wenig Augenblicken vor ihr erschloß. Derselbe Diener, der gestern das Billett Frau von Halwigs überbracht, starrte Lotti mit derselben dummdreisten Miene an, forderte sie jedoch auf einzutreten.

Er schritt ihr voran durch ein getäfeltes Speisezimmer. Majoliken und Zinnschüsseln, Bierkrüge, Becher und Kelche auf dem Büfett, geschnitzte Stühle, schwerfällige Tische und Schränke: altdeutsch. Durch einen kleinen Salon mit hellgelben Figuren und blumenreichen Tapeten, Pagoden, Vasen, Lüster, Armleuchtern aus Porzellan, zahllosen Kästchen aus vieux laque: chinesisch. An der dritten Tür blieb der Bediente stehen, öffnete sie und rief laut: »Fräulein von Feßler«, und gab der von ihm unversehens Geadelten einen feierlichen Wink.

Lotti trat in ein großes, freundliches Gemach, in dessen Mitte auf einer mit lichtblauem Atlas überzogenen Chaiselongue eine junge Dame lag.

»Wie schön von Ihnen«, sprach diese und richtete sich,

wie es schien nicht ohne Anstrengung, mit dem Oberkörper auf. Eine kleine hilflose Kinderhand streckte sich aus der Flut von Spitzen, welche die Ärmel des weißen Schlafrocks umgaben, der Besucherin entgegen.

»Wie schön von Ihnen, daß Sie kommen ... aber ich hab's gewußt, ich habe wirklich auf die Erfüllung meiner Bitte gezählt ...«

»Sie sehen, wie recht Sie gehabt ...«

»Wenn sie so ist, wie ich glaube, dacht ich mir, als ich meinen Brief fortschickte, kommt sie sogleich – und Sie wollten ja auch sogleich kommen?«

»Gewiß.«

»Gestern konnt ich Sie aber nicht sehen – ich war zu leidend –«

»Das hörte ich mit Bedauern«, erwiderte Lotti teilnehmend, aber auch erstaunt. Leidend, dieses schöne, blühende Geschöpf mit den rosig angehauchten Wangen, den frischen, schwellenden Lippen?

»Und – was fehlt Ihnen?«

»Ich bin sehr, sehr nervenkrank. Hermann weiß nichts davon, man darf es ihm auch nicht sagen; aber mein Arzt ist um mich besorgt«, versicherte Agathe mit einschmeichelnder, klagender, um Mitleid bittender Stimme.

Sie verschönerte sich noch im Sprechen, ihren Mund umspielte dabei ein so lieblicher Zug, ein so kluger und unschuldiger Ausdruck, daß Lotti dachte: Dich müßte ein Tauber beredsam finden!

Die Gesichtsbildung der jungen Frau erinnerte an die der Cäcilie von Albano, deren Bild Kestner seinen römischen Studien vorangestellt hat. Ihre reichen dunklen Haare waren zurückgekämmt und in einem schweren Knoten am Hinterhaupte zusammengehalten. Sie schien groß; die edlen Formen ihrer vollen und schlanken Gestalt zeichneten sich deutlich unter dem weichen, anschmiegenden Stoff des langen, weit über die Füße reichenden Gewandes, in das sie sich, wie frierend, hüllte.

Lotti stand vor ihr und staunte sie mit jener reinen, fast demütigen Bewunderung an, die gute und warmherzige Menschen gerade den Vorzügen gegenüber, die ihnen selbst versagt geblieben sind, am lebhaftesten empfinden.

Diese Frau, wie war sie schön! und wie malerisch, und wie eigentümlich war ihre ganze Umgebung! Das Gemach glich einem Wintergarten, von Blütenduft und Sonnenschein durchtränkt.

In den Vertiefungen der vier hohen, im rechten Winkel aufeinanderstehenden Fenster prangten dichte, üppige Gruppen der seltensten Blumen. In einer Ecke breitete eine riesige Fächerpalme ihre zackigen Blätter aus, in der anderen wiegten sich in den Ringen ihrer vergoldeten Käfige ein Arras mit kühnem Schopf und ein blauer Papagei. Eine zierliche Voliere beherbergte ein Dutzend brasilianischer Vögelchen mit schimmerndem Gefieder. In einem Aquarium schwammen Gold- und Silberfische, hockten langweilige Schildkröten, und aus den Spalten des kleinen künstlichen Felsens, der sich in der Mitte desselben erhob, guckten grüne Eidechsen und gelb gefleckte Salamander mit scheuer Neugier hervor. Zu Füßen der Herrin lag ein weißes Hündchen, dessen Stirnhaare höchst kokett mit einer blauen Schleife zusammengebunden waren. Einige Schritte von ihm befand sich seine Villa, ein Zelt aus demselben blauen Seidenstoff, aus dem die Tür- und Fenstervorhänge bestanden. Mit diesen stimmte nur das Ruhebett überein. Alle übrigen Möbel schienen je ein Muster von ganz verschiedenen Gattungen. Persische, indische, türkische Stoffe und Stickereien schmückten reich geschnitzte oder eingelegte Gestelle, prangten auf den Kissen, waren über die Tische gebreitet. Das Zimmer war überfüllt, drei Dinge jedoch hätte man darin vergeblich gesucht: ein Gemälde, ein

Buch und – eine weibliche Handarbeit. Dagegen waren mehrere Etageren vorhanden, ganz bedeckt mit Rauch- und Reitrequisiten. Zigarettenvorräte hoch aufgespeichert, abenteuerlich geformte Pfeifchen, kleine Tschibuks mit kostbaren, edelsteingeschmückten Mundstücken, Reitpeitschen und Reitstöcke, köstlich damaszierte Pistolen, mit Schaft aus Elfenbein, daneben in einem Futteral ein goldener Sporn.

Die Besitzerin all dieser Herrlichkeiten sah voll Vergnügen das Interesse, das Lotti denselben schenkte.

Es gefällt dir bei mir! sagten ihre großen langbewimperten Augen, dunkelbraun wie der Flügel des Trauermantels, und mit denselben schwimmenden spielenden Lichtern ...

»Nehmen Sie doch einen Fauteuil – nicht den, der ist unbequem, den andern – dort! So ist's recht. Und jetzt setzen Sie sich hierher – mir gegenüber, und lassen Sie uns schwatzen, liebes Fräulein.«

Sie neigte den Kopf ein wenig zur Seite und sah vor sich nieder.

»Ich muß Ihnen sagen – ich war gestern nicht nur ungewöhnlich leidend – leg dich, Gipsy«, unterbrach sie sich, um zu ihrem Hündchen zu sprechen, das sich auf den Hinterpfoten aufgerichtet hatte und die herabhängende Hand seiner Herrin mit ungestümer Zärtlichkeit leckte. Gipsy gehorchte.

»Ich muß Ihnen sagen«, begann Agathe wieder, »ich war nicht nur leidend, sondern auch ...« sie zögerte ein Weilchen, »sondern auch sehr bekümmert.«

»Um Ihren Mann?« fragte Lotti hastig.

»Ach – nein ...« lautete die Antwort, in der eine unaussprechliche Verwunderung lag, »ach nein, der macht mir keinen Kummer, der macht mir nur Freude und Ehre.«

»Sie sind also stolz auf ihn – auf seinen Ruf, auf seinen Namen?«

»Seinen Namen? . . . nun – die Halwigs sind gut, viel besser, als man in meiner Familie zugeben will . . . Aber gerade stolz brauche ich . . .«

»Ich meine seinen Namen als Schriftsteller«, fiel Lotti ein. Sie lächelte über dieses seltsame Mißverstehen und dachte: Ein Kind – das ist ja ein Kind.

»Freilich, natürlich, auf den bin ich stolz«, entgegnete Agathe, »man sagt«, fügte sie halb nachlässig, halb altklug hinzu, »daß ich Ursache dazu habe, und ich glaube es . . . Wenn Sie wüßten, wie seine Schriften honoriert werden, mit welchen Summen, Sie würden staunen!«

»So?« sprach Lotti; und nach einer Pause noch einmal: »So?« – und dann stellte sie, mit viel weniger Zuversicht, eine zweite Frage. Sie erkundigte sich nach dem Anteil, den die Frau des Poeten an seiner künstlerischen Tätigkeit nehme, und war im voraus von der Wärme und Größe desselben überzeugt.

Darin hatte sie auch vollkommen recht. Agathe wußte alles, was in der Schreibstube ihres Mannes vorging, sie kannte zum Beispiel den Namen des Buches, das er eben unter der Feder hatte. Sie freute sich schon jetzt auf den begeisterten Brief, den der Verleger darüber schreiben werde. Sie würde »alle die Sachen« auch recht gern lesen, allein – der Doktor, dieser Tyrann – erlaubt es durchaus nicht, untersagt ihr durchaus jede Anstrengung ihrer Augen. Und sie fühlt leider, daß er weise daran tut, denn ihre Augen werden mit jedem Tage schwächer. Das kommt vom Aufenthalt in der staubigen Stadt. Agathe müßte aufs Land, und bald, sonst wird sie noch einmal blind wie ihre Großmutter, die auch im zweiundzwanzigsten Jahre . . .

»Perro! Perro! Perroquet!« rief sie plötzlich dem Papagei zu, der sich von Anfang an in das Gespräch gemischt hatte und dessen Geschrei immer gellender wurde. »Der Vogel ist unerträglich!« Sie wand sich auf ihrem Ruhebett und preßte den Kopf in die Kissen. »O Fräulein, erbarmen Sie sich, haben Sie doch die Güte, den Schal dort, sehen Sie – den dort – über den Käfig dieses Untiers zu werfen.«

»Danke, danke!« sprach sie, nachdem Lotti ihrem Wunsche nachgekommen war und Perroquet, plötzlich in Dunkelheit versetzt, still geworden. »Und jetzt kommen Sie, geben Sie mir Ihre Hand. Aber ohne Handschuh.«

Rasch und geschickt streifte sie selbst den Handschuh herab und hielt die unwillkürlich widerstrebenden Finger Lottis mit einer Kraft fest, die man ihr niemals zugetraut hätte.

»Diese Hand hat mein Hermann oft geküßt«, sprach sie, »ich weiß es ... bin aber nicht eifersüchtig – da haben Sie den Beweis ...«

Sie hatte sich vorgebeugt und drückte nun ihre Lippen auf Lottis Hand. Sie tat es mit einer gewissen trotzigen Innigkeit, mit einer Gewalt, der sich Lotti nicht zu entziehen vermochte, so gern sie es getan hätte. Diese Huldigung war ihr qualvoll, sie meinte sich noch nie im Leben so beschämt gefühlt zu haben.

»Ich habe Sie lieb!« sagte die junge Frau und warf mit der anmutigsten Bewegung den Kopf in den Nacken, »und wünsche, daß auch Sie mich liebgewinnen und daß auch Sie es mir beweisen.«

»Und wie könnte ich das?«

»Wenn ich es Ihnen sage, wollen Sie es dann tun ... Wollen Sie es tun?« wiederholte sie und stieß, nachdem sie eine bejahende Versicherung erhalten hatte, einen leisen Schrei des Jubels aus. Wenn Lotti ihr half, dann war geholfen.

Und jetzt setzte sie dasjenige, um das es sich handelte, klar, deutlich, ohne die geringsten Umschweife auseinander.

Sie hatte einen liebenswürdigen, großmütigen, herrlichen Vater; allein – das war sein Unglück – leichtsinnig wie ein Leutnant, dieser arme Papa! – Und die Mama, die ein Engel ist, und die beiden jungen Brüder, die Kadetten sind bei der Kavallerie, die haben auch alles andere eher erfunden als die Sparsamkeit. Kein Wunder, wenn es Verlegenheiten ohne Ende gibt. Aus den größten hat bisher regelmäßig der ältere Bruder Papas geholfen, der vor fünfzehn Jahren eine unermeßlich reiche Fabrikantentochter aus Liverpool geheiratet und England seitdem nicht mehr verlassen hat. Die Ehe ist kinderlos geblieben, und seit langer Zeit bestehen der Onkel und die englische Tante darauf, daß Agathens Eltern, womöglich auch deren Söhne, zu ihnen kommen, sich ganz bei ihnen etablieren, nur eine Familie mit ihnen bilden möchten. Das soll auch geschehen, der Entschluß ist gefaßt, der Tag der Abreise schon festgesetzt. Allein, der sonst so vernünftige Onkel will nicht begreifen, daß Papa nicht fort kann, ohne einige Zahlungen beglichen zu haben, die wirklich dringend sind ... Ehrenschulden an Leute, denen man nicht sagen mag: Warten Sie ... die höchstens denken dürften, man habe nur augenblicklich die Kleinigkeit vergessen ... Ein Mann wie Papa! – Oh, wenn Lotti ihn kennen würde! ... Und, mit einem Wort, es steht so: Papa besitzt ein kleines Gut, sechs Stunden von der Stadt, in der reizendsten Gegend. Unvergleichlicher Reitboden! Es war immer Agathens Lieblingsaufenthalt. Das müßte verkauft werden – gleich, gleich – ohne Verzug und nicht unter seinem Wert. Der Erlös desselben deckt alle Differenzen, und leichten Herzens verlassen Papa und Mama die Heimat, und erhobenen Hauptes treten sie vor die fremde Schwägerin. Ihnen ist die Demütigung erspart, die gräßliche, mit einer Bitte auf den Lippen in dem Hause zu erscheinen, das sich ihnen gastfreundlich erschließt ... Genug, das Gütchen muß verkauft werden, und der Käufer muß – Hermann sein, und Lotti, die er so unaussprechlich verehrt, deren Meinung ihm von höchster Wichtigkeit ist, muß ihn dazu bewegen ... Will sie es tun? sie will, sie hat es versprochen, sie darf jetzt nicht nein sagen. Sie wird ihren Einfluß geltend machen ...

»Sie wollen, Sie werden, Fräulein – nicht wahr? und bald – und heute noch?«

Agathens Blicke hingen an den Lippen der Schweigenden: »Antworten Sie mir – reden Sie!«

»Was soll ich sagen?« sprach Lotti in peinlicher Verwirrung. »Ich weiß nicht, ob man das von ihm verlangen darf – ob ihm die Mittel zu Gebote stehen ...« Sie stockte, sie sah Halwig vor sich, wie er am nämlichen Morgen zu ihr gekommen war, alle Zeichen verzweiflungsvoller Pein und tiefster Erschöpfung in seinen Zügen.

»Die Mittel?« rief die junge Frau – »er ist so reich, als er sein will. Die Summe, die er braucht, um meinen allerhöchsten und innigsten Wunsch zu erfüllen und um meine Eltern aus der unangenehmsten Lage zu befreien – die Summe bietet sein Verleger ihm an ... Er braucht nur einen Kontrakt zu unterschreiben, in dem er sich verpflichtet ... ich kann nicht sagen, wie viele Bände zu liefern in einer bestimmten Zeit ... und denken Sie! statt freudig auf den Vorschlag einzugehen, zögert er – kann zu keinem Entschluß kommen, ich –« eine plötzlich aufsteigende Röte, wie eine beschämende Erinnerung sie erweckt, bedeckt ihr Angesicht, »ich habe ihn vergeblich darum gebeten.«

»Wie können Sie glauben«, sagte Lotti, »daß er mir etwas zugestehen wird, das er Ihnen abschlug?«

»Er wird! Er hält soviel auf Sie! verehrt Sie so grenzenlos ... Er wird Sie nicht der Parteilichkeit anklagen, wie er es mir tut in seiner Eifersucht auf die Meinen ...« erwiderte Agathe melancholisch und fügte mit einem tiefen Seufzer hinzu: »Ach, diese Eifersucht ist schrecklich bei ihm, ist schon eine fixe Idee ... und so schwer ich mich von meinen armen Eltern trenne – ich wünschte wahrlich, sie wären drüben über dem Meere, und ich sähe sie nicht mehr, und er hätte nie wieder Gelegenheit, mir vorzuwerfen, daß sie mir lieber sind als er ... als er – um den ich sie verlassen habe!«

Was war das für eine kindische und gewiß ungerechte Klage, und dennoch, welches Mitleid erregte sie in derjenigen, der sie mit so weicher bezaubernder Stimme, mit so großen Tränen in den feuchten, flehenden Augen vorgebracht wurde.

Und jetzt falteten sich die Hände der schönen Frau: »O Fräulein Lotti ...«

Da pochte es an der Tür, der Diener erschien und meldete: »Herr von Schweitzer.«

Agathe schnellte empor.

»Soll warten, ich lasse bitten. Er kommt zwar sehr ungelegen, der gute Schweitzer«, fuhr sie fort, nachdem der Diener sich entfernt hatte, »aber dennoch darf man ihn nicht wegschicken. Auch der könnte helfen! ... Einen Augenblick, liebstes Fräulein!« Sie stand schon auf ihren Füßen. »In so tiefem Negligé will ich mich vor einem Herrenbesuche nicht sehen lassen. Empfangen Sie ihn an meiner Stelle; der gute Schweitzer, unser Advokat, ein Jugendfreund meines Mannes, bleibt nie lange. Sie aber müssen lange bleiben ... Gehen Sie, ich komme Ihnen gleich nach. Ich bitte Sie! ich bitte! ... Keine Einwendungen! ... Sie dürfen nicht fort – wir behalten Sie zu Tische, das steht in den Sternen geschrieben, dagegen vermögen Sie nichts.«

Sie sprach das alles rasch mit ihrer weichsten Stimme und dabei mit einer Bestimmtheit, die nicht einmal den Versuch eines Widerstandes aufkommen ließ.

»Sei es denn!« sagte Lotti und fügte in Gedanken hinzu: So laßt uns in einem fremden Hause einen fremden Besuch im Namen einer fremden Frau empfangen.

Mitten in dem chinesischen Boudoir, in das sie eintrat, stand ein Mann von etwa vierzig Jahren. Eine gedrungene, untersetzte Gestalt, dunkel, etwas nachlässig gekleidet. Ein mächtiger Kopf, mit dichtem, schon ins Graue spielendem bürstenartig zugestutztem Haar und ebensolchem, bis auf die Brust reichendem Vollbart, saß auf kurzem Halse, von athletisch geformten Schultern stolz getragen. An dem ganzen Menschen sprach alles, die Haltung, die Miene, die breite wie in Erz gegossene Stirn, die kräftige gerade Nase mit den scharf gezeichneten Nasenflügeln, der streng geschlossene Mund, es sprachen die energisch blickenden und tiefliegenden Augen von Festigkeit und unbeugsamem Willen.

Das Befremden, das ihn ergriff, als er statt der erwarteten Hausfrau eine Unbekannte ins Zimmer kommen sah, gab sich in seinen Zügen deutlich und mit einem Mißfallen kund, das Lotti in Verlegenheit setzte. Sie fand nicht gleich ein erklärendes Wort, um derselben ein Ende zu machen, und so standen sie ein Weilchen in höchster Unbehaglichkeit voreinander.

Da öffnete sich ein klein wenig die Tür von Agathens Gemach. Schlank, weiß und schmiegsam, preßte sich die junge Frau, die sich in ihrem Morgenkleide vor einem Herrenbesuche nicht sehen lassen konnte, in den schmalen Zwischenraum.

»Lieber Freund«, sprach sie, »das ist Fräulein Feßler! Mehr brauche ich Ihnen nicht zu sagen.«

Sie war verschwunden.

Derjenige aber, an den sich die Worte gerichtet hatten, starrte die wieder geschlossene Tür mit einem so eigentümlich verlangenden und zugleich wütenden Blicke an, er hatte, als Agathe sich unerwartet in derselben zeigte, auf ihre Lichterscheinung einen so heißen Blick geworfen, einen Blick, so sprühend von Leidenschaft und Groll, daß Lotti, die unerfahrene, weltunkundige Lotti, mit plötzlichem und bangem Begreifen zusammenschrak. Sie dachte: Was ist das? Hilf Himmel – der haßt oder – der liebt sie.

10

»Fräulein Feßler?« sprach er, sah sie durchdringend an und verbeugte sich rasch. »Meine Verehrung. Erlauben Sie, daß ich mich Ihnen vorstelle. Ich heiße Schweitzer und bin ein Tiroler.« Er lachte, und dabei kamen zwei Reihen Zähne zum Vorschein, so weiß und dicht, daß es eine Freude war.

Lotti und er wechselten einige hergebrachte Redensarten.

»Ja, ich habe viel von Ihnen gehört«, sagte Schweitzer plötzlich mit verändertem Tone, »am meisten vor acht Tagen. Da traf ich Halwig auf dem Wege zu Ihnen. Ein erster Besuch – nach vielen Jahren ...«

»Das waren Sie?« versetzte Lotti. »Sie haben ihm damals einen sehr guten Rat gegeben.«

»Hat er mich verklagt? ... Ja, ja; mein Rat war gut, zu gut, um befolgt zu werden.«

Lotti schwieg, und er fragte: »Haben Sie sein letztes Buch gelesen?«

»Nein!«

»Lesen Sie es nie! ... oder doch – lesen Sie es, und sagen Sie mir dann, ob ich recht habe, ihm zuzurufen: Halt ein!«

»Sie haben recht; ich brauche, um davon überzeugt zu sein, das Buch nicht zu lesen.«

»Ihnen graut! Sie wissen, was Sie zu erwarten hätten. Gut denn, lesen Sie nicht, aber helfen Sie mir. Wirken Sie in meinem Sinne auf ihn ein. Ihr Einfluß ist groß. Ich bin dessen innegeworden, als er neulich nach jener Unterredung mit Ihnen heimkehrte, so ruhig und vernünftig wie er seit langem nicht mehr gewesen ist.«

»Was soll ich tun?«

»Ihn vermögen, der Schriftstellerei für eine Zeitlang Valet zu sagen und eine andere, freilich minder einträgliche Beschäftigung, die ich für ihn im Auge habe, zu ergreifen.« Er unterbrach sich: »Aber darüber sprechen wir noch ... Jetzt sagen Sie mir, warum sehen Sie mich so an?«

»Ich wundere mich –« erwiderte Lotti, ein wenig außer Fassung gebracht durch diese Frage.

Er ließ sie nicht weitersprechen.

»Warum?« fiel er ihr ins Wort. »Weil Sie mir glauben? Nun, das geschieht, weil zwischen zwei absolut redlichen Menschen eine Freimaurerei besteht.«

»Vielleicht – aber seltsam scheint es mir, daß auch Sie meinen Einfluß ...«

Abermals unterbrach er sie: »Auch ich? ... Ganz recht. Ihr Einfluß ist hier bereits angerufen worden – freilich im entgegengesetzten Sinne ... von einem schönen Vampyr ...«

Er hielt inne. Die Tür hatte sich geöffnet, und Agathe erschien auf der Schwelle.

Sie mußte die letzten Worte gehört haben, es war nicht anders möglich; doch suchte sie offenbar kein Arg in ihnen, denn sie begrüßte den Sprecher derselben mit liebenswürdiger, sogar etwas koketter Freundlichkeit.

Sie hatte sich Zeit zur Toilette gelassen; diese war aber trotzdem nicht ganz beendet. Die Ohrringe fehlten noch und auch das Medaillon, und die Bandschleife am Halse, an welche es befestigt werden sollte. Sie hielt das alles in ihren Händen.

»Nun, lieber Rechtsfreund?« fragte sie, trat an den Pfeilerspiegel und begann eines ihrer zarten rosigen Ohrläppchen zu quälen, um ihm den Schmuck einer erbsengroßen Perle vom schönsten Orient aufzunötigen. »Wie steht unsere Angelegenheit? – Sie bringen eine gute Nachricht, das sehe ich Ihnen an.«

»Sie sehen schlecht, gnädige Frau«, sagte Schweitzer trokken und blickte streng in den Spiegel, aus dem ihr zur Seite geneigtes Gesicht ihn anlächelte.

»Ist der Brief, den wir erwarten, angekommen?«

»Er ist nicht angekommen!«

»Und der Zweck Ihres Besuches, wenn man fragen darf?« Sie wandte sich um und sah spöttisch fragend zu ihm nieder, der sich bei ihrem Eintreten erhoben, jetzt aber seinen früheren Platz auf einem Fauteuil, Lotti gegenüber, wieder eingenommen hatte. »Sie werden mir doch nicht weismachen wollen, daß nichts anderes Sie hierherführt als die Sehnsucht nach meinem Anblick?«

»Oder der Wunsch, Ihnen Langeweile ins Haus zu tragen? – Nein, ich komme aus einem andern Grunde.«

»Bitte ihn auseinanderzusetzen. In Gegenwart dieser teuren Zeugin da ... Ach, Fräulein Feßler, seien Sie doch so gütig ...«

Sie reichte Lotti die beiden Enden des Bandes, das sie durch den Ring des Medaillons gezogen hatte, und kniete plötzlich nieder. Lotti beeilte sich, die Schleife über dem schlanken Rücken festzuknüpfen, der sich ihr entgegenbeugte, während Schweitzer dieser ganzen Prozedur mit stillem Grimm zuzusehen schien.

Agathe erhob sich von ihren Knien, um auf ein kleines Kanapee zu gleiten, in dessen Kissen sie sich zurücklehnte.

»Ihren Grund, mein Freund. Reden Sie doch. Sie spannen meine Neugier auf die Folter«, sagte sie, und ein maskiertes Gähnen hob ihre Nasenflügel.

»Ich höre von einem Kontrakt mit einem Buchhändler, den Halwig unterschreiben soll«, begann Schweitzer in ruhigem, nachdrücklichem Tone.

»Daß Sie auch alles hören müssen!« warf Agathe dazwischen.

»Und will ihn daran hindern«, fuhr Schweitzer fort. »Ich habe den Kontrakt nicht gesehen, aber ich weiß, wer ihn ausgestellt hat, und das ist mir genug. Es kann auch Ihnen genug sein. Glauben Sie mir, gnädige Frau, Sie sind eine so zärtliche Gattin, raten Sie Ihrem Mann, sich doch lieber an einen Sklavenhändler zu verkaufen, er kommt dabei weniger zu Schaden.«

»Sie sind einzig, lieber Freund! Also, nicht gelesen – den Kontrakt? Da komme ich doch einmal im Leben in die Gelegenheit, Sie zu belehren. Der Verleger, den Sie verabscheuen – der Arme! – fordert zehn Jahre hindurch alljährlich drei Bände ... Ich erinnere mich jetzt«, schaltete sie ein, zu Lotti gewendet. »Ist das zuviel? ... Für Hermann, sage ich Ihnen, ist das nichts ...«

»Drei Bände!« rief Schweitzer, »und sie brauchen nicht einmal sehr dick zu sein, wenn sie nur recht viel Skandal enthalten, nur einige Seiten, auf denen das Unsagbare gesagt wird – nur ein einziges Kapitel, das von Dingen handelt ... Dingen – die man in Gegenwart verehrter Frauen –« er sah Lotti fest an und neigte den Kopf, »nicht nennt.«

»Da haben Sie den ganzen Schweitzer!« versetzte Agathe mit ihrem hellsten Lachen und mit der siegreichen Überlegenheit des Gleichmuts über den aufbrausenden Zorn. »Sehen Sie, Fräulein Feßler, wie er mich mißhandelt, mein Freund, mein strenger, grausamer, aber alleraufrichtigster Freund.«

Und dabei neigte sie sich vor und blickte ihm von unten hinauf ins Gesicht, lockend, herausfordernd, als wollte sie ihn ganz einhüllen in Bezauberung, sie, die junge, schöne, glänzende Frau, den alternden, schlichten Mann, dessen Züge etwas Steinernes annahmen und der in hartem Tone sprach: »An wem ist Ihnen mehr gelegen? An diesem aufrichtigen Freund oder an Ihrem blauen Papagei?«

»Keine Gewissensfragen! Kommen Sie mir jetzt nicht mit Gewissensfragen! Bleiben wir bei der Stange. Aufrichtig! wenn ich bitten darf.« Sie wurde ernst und sprach in kaltem und geschäftsmäßigem Tone: »Sie sind gegen die Unterschrift, weil Sie nicht zweifeln, daß uns bald auf andere Art aus der Verlegenheit geholfen wird ... Leugnen Sie doch nicht! – Unser Prozeß steht gut – er kann nur gut stehen, sagt Hermann, der gewiß kein Sanguiniker ist ...«

»Sagt Hermann, daß es mit dem Prozeß gut steht? – Das sagt er Ihnen? Warum nicht lieber mir, den es trösten würde? denn ich sehe schwarz in der Sache, ich halte sie für verloren, und Hermann wäre meiner Meinung, wenn er den Gang der Angelegenheiten verfolgt hätte. Aber dazu hat er keine Zeit. Er hört mich gar nicht an, wenn ich relationieren komme.«

»Sie müssen wissen«, fuhr Schweitzer, zu Lotti gewendet, fort, »daß Halwig eine sehr gerechte Forderung an die Enkel eines Gutsbesitzers in Mecklenburg stellt, dem sein Großvater dereinst ein ansehnliches Darlehn gemacht. Die Summe war auf dem Gute intabuliert, es scheinen Interessen davon gezahlt worden zu sein, allein im Testamente des alten Herrn von Halwig blieb sie unerwähnt. Sein Sohn machte wohl sein Recht geltend, jedoch mit wenig Nachdruck, schläfrig und halb, wie er alles zu tun pflegte. Der Mecklenburger war inzwischen in zerrütteten Vermögensverhältnissen gestorben. Seine Kinder legten nicht besonderen Eifer an den Tag, sich der Schulden zu entledigen, die ihr Vater ihnen hinterlassen ... und so vererbten sich Verpflichtung und Forderung auf die Kinder dieser Kinder, und auf den Sohn jenes Sohnes. Ich erspare Ihnen eine juridische Auseinandersetzung, ich sage nur, daß Halwigs Recht so klar ist wie der Tag und daß ich überzeugt war, es zur Geltung bringen zu können, als ich selbst ihn bestimmte, die schon aufgegebene Sache wiederaufzunehmen und mir ihre Führung getrost zu überlassen ... Nun – ich habe vergeblich gerungen. Ich werde dem Rechte nicht zum Sieg verhelfen. Ich erkläre das meinem Klienten, so oft ich ihn sehe. Aber machen Sie einem Menschen etwas begreiflich, was er nicht begreifen will – entwurzeln Sie eine Hoffnung, welche durch die Furcht vor Verzweiflung eingepflanzt worden ist ...«

Agathe horchte seinen Worten mit verhaltenem Atem.

»Sie selbst«, sagte sie jetzt, »haben die Hoffnung, die Sie ihm nehmen wollen, noch nicht verloren. Jener Brief von Ihrem Abgesandten, den Sie erwarten, kann günstige Nachrichten bringen ... Jenen Brief«, sie blickte ihn forschend an, »erwarteten Sie, wenn ich nicht irre, schon gestern ...

Lieber Freund, wenn der Brief fortfährt, auszubleiben – oder wenn er eintrifft, mit schlechten Nachrichten beladen – dann, lieber Freund, dann liebes Fräulein Feßler –« sie ergriff Lottis Hand und hielt sie angstvoll mit ihren Fingern umklammert –, »dann muß Hermann den Kontrakt unterschreiben. – Meinen Eltern muß geholfen werden. Sehen Sie das nicht ein, Sie beide! ... Haben Sie nicht auch Eltern gehabt, die Sie liebten? ... Denken Sie an Ihren Vater, Fräulein Feßler, Hermann hat mir so viel von ihm erzählt, daß ich meine, ihn gekannt zu haben. – Denken Sie an Ihre Mutter, Schweitzer, der Sie so viele Opfer gebracht ... Fragen Sie sich, hätten Sie nicht Ihre Seele für Vater und Mutter verkauft?«

Lotti wollte sprechen, aber Schweitzer schnitt ihr das Wort ab: »Meine Seele vielleicht – die eines andern? – Nein!«

»So spricht ein Junggesell. Mann und Weib sind eins, und ich erkläre denn ... aber wie lächerlich, wie lächerlich sind wir mit unserem Seelenverkauf! Als ob sich's darum handelte! ... Hören Sie meinen unwiderruflichen Entschluß: Wenn der Prozeß günstig für uns entschieden wird, dann zerreiße ich den Kontrakt mit meinen eigenen Händen – die Sie dann küssen werden, Schweitzer! – Wir kaufen sofort das Gut meiner Eltern, ziehen uns dahin zurück und sind glücklich, wie wir es schon einmal waren – in England auf dem Lande ... Mein Herr Gemahl wird mir zu Ehren noch ein Sportsmann. Man sieht ihn niemals anders als im roten Frack oder im Jagdrock mit grünen Aufschlägen ... und nirgends anders als bei mir ... und immer zu Pferd, zu Wagen oder auf der Pirsch – immer nur bemüht, mich zu bezaubern ... Das gelingt ihm – hingerissen falle ich meinem Helden, meinem Ritter in die Arme. Unter einem Holunderbusch und vielen Wonnetränen schwören wir uns täglich ewige Liebe!«

Sie sagte das schalkhaft, übermütig, und dabei lag doch in ihren Augen eine geheimnisvolle Wehmut, eine sehnsüchtige Zärtlichkeit, die zu all den Scherzen nicht paßten.

Schweitzer saß aufrecht und steif vor ihr wie die Statue eines Pharaonen und starrte sie selbstvergessen an.

Sie fuhr fort: »Wir könnten selig sein. Selig, einander endlich anzugehören, endlich füreinander zu leben. Das geschieht hier nicht, in der widerwärtigen Stadt. Auf dem Lande, und wenn Hermann noch soviel zu tun hätte, bliebe ihm mehr Zeit für mich. Hier vergehen Tage, an denen ich ihn nicht sehe, das halbe Stündchen ausgenommen, das wir bei Tische zubringen. Und wovon spricht er da? Von Büchern, Zeitungen, Rezensionen ... Ich frage mich oft: Habe ich einen Mann geheiratet oder eine Schreibmaschine?«

»Das fühlen Sie?« rief Schweitzer, »und könnten sich doch entschließen, dieser ohnehin überbürdeten Maschine, deren Motor ein Menschengeist ist, neue Lasten aufzudrängen?«

»Ich tu es nicht, Freund! ich nicht! – Die Notwendigkeit tut es. Was mich betrifft, ich hasse die Schreiberei. Hinge es von mir ab – Hermann brauchte nie wieder eine Feder anzurühren ... Da kommen Leute zu ihm – Literaten, die sagen, schriftstellern sei unweiblich. Ich möchte immer erwidern: Nein, meine Herren – unmännlich ist's! Männlich ist Löwen und Tiger jagen, auf einem Seil über den Niagara wegschreiten, Schlachten gewinnen, Städte bauen ... aber weißes Papier schwarz machen ... bah! ... O lieber, lieber Freund! wenn Sie nur recht wollten, Sie könnten uns aus aller Not und Drangsal erretten – man sagt, Sie hätten noch nie einen Prozeß verloren ...«

Wieder beugte sie sich zu ihm, sah ihm schmeichelnd ins Gesicht und legte ihre Fingerspitzen auf seinen Arm.

Er erhob sich rasch: »Daß doch alle Weiber ... verzeihen Sie, alle – Frauen gleich sind! daß doch jede meint, den Advokaten gewinnen, hieße den Prozeß gewinnen ... Ich blieb so lange – kann Hermann leider nicht erwarten – so gern ich auch ...«

Er hatte seine Taschenuhr hervorgezogen, und Lotti sah, obwohl sie wahrlich in dem Augenblick nicht an Uhren dachte, daß es nur eine silberne Remontoir von einfachster Arbeit war.

Agathe holte seinen breitkrempigen Hut herbei und reichte ihm denselben mit einer feierlichen Gebärde.

»Leben Sie wohl, Gebieter über unsere Schicksale!« sagte sie, »und nochmals! wenn Sie wiederkehren, bringen Sie uns das Glück in Gestalt eines Briefes aus Mecklenburg in der Tasche Ihres wunderschönen Überziehers mit.«

Er verbeugte sich, trat vor Lotti hin und sprach: »Vergessen Sie nicht, daß wir Bundesgenossen sind.«

Damit verließ er das Gemach.

11

»Seine Bundesgenossin wären Sie?« fragte Agathe, »indes ich mein Vertrauen in Sie setze? ... Nein, nein, das wäre Verrat, dessen Sie nicht fähig sind ... Sie halten mir Wort, und wenn Hermann kommt ... Aber«, unterbrach sie sich mit einemmal äußerst beunruhigt, »warum ist er nicht da – nicht längst da – – er pflegt sonst nie des Morgens auszugehen, und heute, als ich erwachte, und nach ihm fragte, hieß es, er sei fort ... in aller Frühe fortgegangen ... unbegreiflich ... unbegreiflich –« wiederholte sie, eilte an das Fenster, öffnete es und blickte in gespannter Erwartung auf die Straße hinunter.

Plötzlich überdeckte sich ihr Antlitz mit Purpurglut. »Er kommt!« rief sie jubelnd und schwang ihr Taschentuch in der Luft.

»Sie entschuldigen mich doch, Fräulein, wenn ich ihm entgegengehe? ... Ich muß die Freude haben, ihm anzukündigen, daß er Sie hier findet.«

Ohne eine Antwort abzuwarten, war sie verschwunden.

Mit seltsam gemischten Empfindungen blickte Lotti ihr nach und dachte: Sie liebt ihn – das ist ja viel ... für ihn wohl alles ...

Eine Weile danach erschien Halwig – ein anderer als derjenige, den Lotti am selben Morgen bei sich gesehen. Freudig und sorgenlos begrüßte er sie, sprach viel, war der liebenswürdigste und aufmerksamste Wirt. Beim Dessert gab er eine lustige Geschichte zum besten, die ihm Papa, dem er unterwegs begegnet, erzählt hatte.

Seine Heiterkeit schien natürlich und ungezwungen, und dennoch, ohne sich erklären zu können, warum, vermochte Lotti nicht recht froh zu werden.

Das Mittagessen war vorüber, und man begab sich zum schwarzen Kaffee nach dem Zimmer des Hausherrn. Es hatte einen eigenen Eingang durch das Vorgemach.

Als Lotti dieses an Hermanns Arme betrat, erhob sich plötzlich ein kleines Männchen von einer der Bänke an der Wand und nahte mit höflicher Begrüßung.

Bei seinem Anblick fuhr Halwig leicht zusammen: »Sie selbst ... Sie warten? ...«

»Oh, nicht lange. Die Herrschaften hatten schon beinahe abgespeist, als ich kam, und ich beschwor den Diener, Sie nicht zu stören.«

»Treten Sie doch jetzt ein! ... Kommen Sie –« sprach Halwig, und Lotti fühlte seinen Arm zucken unter ihrer Hand.

»Wenn Sie erlauben, Herr Baron, allein ich habe Eile ... und nur weil der Zufall mich eben hier vorbeigeführt, und um Ihnen die Mühe des Schickens zu ersparen – bin ich da, um ... um das Versprochene abzuholen.«

»Kommen Sie denn! – Kommen Sie! ...«

»Oh, ich bitte! ... Erst die Damen –«

Er stellte sich mit einem langen Schleifschritt seiner schiefen Beine neben die Tür, die Halwig aufgestoßen hatte, und machte ein einladendes Zeichen. Seine vorquellenden Augen leuchteten vor zynischer Bewunderung, als Agathe an ihm vorüberschritt.

»Die Frau Gemahlin?« flüsterte er Halwig vertraulich zu – »ganz superb – ich gratuliere!«

»Einen Augenblick, Fräulein Feßler! – Einen Augenblick, Agathe«, sprach Hermann gepreßt und scharf, und winkte den beiden, an dem Tische Platz zu nehmen, auf welchem der Kaffee serviert war.

Er selbst trat an den Schreibtisch, zog die unterste Lade heraus, nahm ein versiegeltes Paket und reichte es seinem Besucher.

Der ergriff oder vielmehr riß es mit einer hastigen Bewegung an sich.

»Es ist doch das rechte? – Sie verzeihen – ich breche die Siegel ... Eine Irrung ist so leicht geschehen.«

»Überzeugen Sie sich«, sagte Halwig in einem Tone, den mühsam bezwungener Ingrimm beben machte.

Der Kleine hatte sich an die Fenstervertiefung begeben und begann dort den Inhalt des Pakets zu untersuchen.

»Alles in Ordnung. Hingegen da – auch alles in Ordnung.« Er überreichte Halwig einen zusammengefalteten Bogen, den dieser auf den Schreibtisch warf. »Nicht so,

Herr Baron, bitte sich gleichfalls zu überzeugen. Bitte um pedantische Genauigkeit in Geschäften. Bitte um Vorsicht, bitte sogar um Mißtrauen.«

Er stieß ein leises, widerwärtiges Gekicher aus und blinzelte Halwig halb höhnisch, halb mitleidig an, während der das Schriftstück durchflog.

»Sie sind mit mir zufrieden, hoffe ich. Haben auch alle Ursache. Für Sie ist gesorgt. Wie ich dabei wegkomme, das ist eine andere Frage. Allein für Sie ... was täte ich nicht für Sie, Herr Baron?«

Er empfahl sich, von Hermann bis an die Tür begleitet.

Agathe lachte ihm herzlich nach: »Was war denn das für ein Ungeheuer? Oh, Fräulein Feßler, haben Sie seine Füße gesehen und seinen Gang bemerkt? ... Mir scheint nein. Warten Sie, ich will das herrliche Schauspiel vor Ihnen erneuern. Sie müssen sich noch einmal daran erquicken. Einwärts! noch einwärtser! so – nicht wahr?«

Sie begann im Zimmer umherzuhumpeln, ihrem Manne entgegen und ließ sich, mit Absicht ausgleitend, in seine Arme fallen. Er umschlang sie und drückte einen langen leidenschaftlichen Kuß auf ihre Lippen.

»Meine Agathe! mein Herz, mein Glück, mein Leben!«

Mit schwerer Selbstüberwindung entzog er sich ihrer Umarmung und trat an ihrer Seite vor Lotti hin.

Diese fragte: »Halwig, war das der Mann, der Ihnen einen Vertrag anbietet, in welchem ...«

Er fiel ihr ins Wort: »In welchem ich zehn Jahre meines Lebens verschreibe? Nein. Dem nicht einen Tag. Aber wer hat Ihnen gesagt – du?« wandte er sich an seine Frau, die bejahend nickte und dann sprach: »War's nicht recht?«

»Ganz recht. Wir haben kein Geheimnis vor Fräulein Lotti.«

»Das meinte ich auch und setzte ihr die ganze Angelegenheit auseinander. Sie wird dir ihre Gedanken darüber sagen.«

Halwig hatte ihr zerstreut zugehört: »Ich vergesse, ich habe eine Botschaft von Papa an dich.«

»Der arme Papa, du vergissest ihn immer.«

Die Stirn Hermanns verfinsterte sich einen Augenblick, aber er fuhr fort, ohne etwas auf den Vorwurf zu erwidern: »Deine Eltern sehen heute einige Bekannte beim Tee. Sie zählen auf dich. Sie werden den Wagen schicken, um dich abzuholen. Ich habe in deinem Namen zugesagt. Du wirst meinem Wort doch Ehre machen?«

»Ungern, du weißt, wie lästig mir diese Soireen sind«, entgegnete sie und lehnte die Wange an seine Schulter. »Laß mich bei dir bleiben, Hermann.«

»Was fällt dir ein? Du darfst nicht bleiben. Nicht einmal stören darfst du mich, um mir Lebewohl zu sagen.«

»Nicht einmal Lebewohl? ... Fräulein Feßler, ist das nicht hart, nicht unerträglich? ... Und diesen Zustand zu verewigen, soll ich noch beitragen, oh, wenn ich das bedenke ...«

»Agathe«, rief er heftig und gequält, »du weißt doch ... mein Gott, was willst du denn? Geh, liebes Kind«, setzte er bittend hinzu, »du mußt ruhen, ein wenig schlummern, wenn du abends in Gesellschaft sollst. Geh.«

Sie sah ihn traurig und gekränkt an und sprach nach kurzem Schweigen zu Lotti: »Er ist ein Tyrann, und ich gehorche. Liebstes Fräulein, schenken Sie ihm eine Tasse Kaffee ein und ein Gläschen Chartreuse und bleiben Sie noch ein wenig bei ihm.«

Sie drückte Lottis Hände, bat sie, recht bald, unendlich bald, spätestens morgen wiederzukommen, und schritt dem Ausgang zu. Aber an der Tür blieb sie stehen, wandte sich, preßte die Finger an ihren Mund und warf mit einer Gebärde voll Innigkeit Hermann einen Kuß zu.

Er erwiderte ihren liebevollen Gruß, und als sie das Zimmer verlassen hatte, starrte er ihr nach, schien wie unwiderstehlich angezogen, ihr folgen zu wollen ... aber nach kurzem Kampfe trat er zurück, warf sich in einen Sessel und versank in dumpfes Hinbrüten.

»Sie haben mir noch nichts von dem Erfolg Ihrer heutigen Unterredung gesagt«, begann Lotti zögernd, »und ich wünschte doch sehr ...«

»Was Sie soeben gesehen haben – das war der Erfolg«, rief Halwig aus. »Der Ehrenmann, über den Agathe so herzlich gelacht hat, ist derselbe, zu dem ich sagen mußte: Ich kann Ihnen nicht Wort halten, Herr ...«

»Und was hat er ...«

»Gleichviel ... ich habe mich losgekauft. Ich bin frei ... frei«, wiederholte er mit einer Beklommenheit, die zu jedem anderen Worte besser gepaßt hätte.

»Halwig – Halwig – womit haben Sie sich losgekauft?«

»Beruhigen Sie sich, beste Freundin! – Auf die einfachste Art. Ich habe ihm ein Manuskript ausgeliefert, das schon vor Jahren in seinen Händen war und das ihm damals abgerungen wurde – durch den tugendhaften Schweitzer, dem ich nebenbei ganz gern ein Zeichen von Unabhängigkeit gebe.«

»Warum hat der es ihm abgerungen? ... Antworten Sie nicht! Ich tu's für Sie – und mit mehr Wahrhaftigkeit, als Sie es täten: weil es Ihrer unwürdig ist, unwürdig eines Dichters, eines Priesters, wie der Dichter sein soll, dem ein heiliges Amt hier auf Erden anvertraut ist ...«

Eine ungewohnte Strenge sprach aus ihrer Stimme und aus ihren flammenden Zügen. »Oh, glauben Sie nicht, eine verschämte alte Jungfer zu hören, die sich einbildet, ein Mann, ein Schriftsteller, der seine Zeit schildern will, werde die Feder immer nur in Blütenduft und Morgentau tauchen. Ihr habt Furchtbares zu zeichnen, zeichnet es denn mit furchtbarer Kraft und Deutlichkeit, aber auch mit dem tiefinnerlichen Schauder, den euer Schüler, euer Leser bebend mitempfindet. Nur nicht mit dem eklen, im Häßlichen wühlenden Behagen, das sich auf jenen überträgt ... Mit dem Behagen, Halwig, das mich – verzeihen Sie mir, es muß ausgesprochen werden –, das mich anwiderte aus dem ersten Buch, das Sie nach unserer Trennung geschrieben haben.«

»Aus dem –« rief er, kämpfend zwischen Bestürzung und Hohn.

»Sie begreifen das nicht«, fuhr Lotti unerbittlich fort, »jenes Buch ist von Ihnen seither so vielfach überboten worden, es ist ein Buch für Kinder im Vergleich zu denen, die ihm folgten. Ich weiß das!« beantwortete sie den Einwurf, den er machen wollte, »aus Anzeigen Ihrer Buchhändler, aus lobpreisenden Kritiken, die ich hie und da, so wenig ich danach suchte, in Zeitungen las ... Ich weiß es, können Sie es leugnen?«

Er schwieg und starrte sie mit einem schwachen Lächeln an. Plötzlich warf er sich in seinen Sessel zurück und sagte: »Wissen Sie, was Sie tun? Sie sprechen zu mir wie mein eigenes künstlerisches Gewissen. Aber ich darf die Stimmen nicht hören, nicht die Ihre, nicht die seine. Ich habe einmal den Pegasus vor den Pflug gespannt, und er muß pflügen, muß erwerben. Kann ich dafür, daß die Menschen von jeher die Giftmischer besser zahlten als die Ärzte? ... Wär's umgekehrt, ich reichte ihnen Arzenei.«

»Halwig!« schrie Lotti in schmerzlichem Entsetzen auf.

Er richtete sich empor, ein unterdrücktes Schluchzen hob seine Brust. Lotti sah sein Herz pochen gegen sein Gewand. »Beste Freundin, ich bin verloren, machen Sie das Kreuz über mich ... Sie schütteln den Kopf, Sie verstehen mich nicht. Der Luxus, der uns umgibt, täuscht Sie, der Luxus lügt, wir leben eigentlich von der Hand in den Mund, ich verdiene viel, aber wir brauchen noch mehr, und ich stehe manchmal ratlos vor kleinen Verlegenheiten. – Ist's nötig,

Ihnen das zu beichten? ... Sie haben ja den sichtbaren Beweis davon erhalten. Das muß anders werden«, setzte er nach einer Pause peinlichen Nachsinnens hinzu. »Morgen verschreib ich mich dem Teufel. Ich tu es nur deshalb heute noch nicht, weil eine kindische Hoffnung auf ein Wunder sich in mir festgenistet hat ...«

»Vielleicht braucht's kein Wunder«, unterbrach ihn Lotti und erhob sich mit einer seltsamen Hast. »Leben Sie wohl.«

»Wie gern möchte ich Sie zurückhalten, aber da«, er deutete auf die Schriften, die seinen Schreibtisch bedeckten, »da ist Gesellschaft, die jede andere verdrängt.«

Sie hörte ihn kaum, sie war mit einem Gedanken beschäftigt ... Der Gedanke, der war das Wunder – ein anderes gab es nicht.

Eine Möglichkeit war ihr erschienen – eine Möglichkeit ... Alles, was man unfaßbar und widersinnig nennt, wäre Lotti noch vor einer Stunde als selbstverständlich erschienen im Vergleich zu dieser Möglichkeit.

12

Lotti ging heim, und als der Friede ihres stillen Hauses sie wieder umfing, atmete sie befreit auf. Sie trat rasch in ihr kühles, von einer Hängelampe freundlich erleuchtetes Stübchen und geradenweges auf die Uhrensammlung zu. Eine Weile stand sie sinnend davor und wiederholte mehrmals im leisen Selbstgespräch: »Nein, nein, das könnt ich doch nicht, das nicht.«

Agnes trug das Abendessen auf und erzählte, daß Gottfried dagewesen sei und sich über das lange Ausbleiben des Fräuleins sehr gewundert habe. Er hatte etwas mitgebracht, ein Buch, ein neues, noch unaufgeschnittenes Buch – Halwigs letztes Werk.

Mit einer Empfindung des Mißmuts nahm es Lotti in Empfang.

Sie hätte sich jetzt gar zu gern des Gedankens an Halwig und alles, was sich auf ihn bezog, entschlagen. Warum mußte sie von neuem an ihn gemahnt werden? Warum mußte sogar die liebevollste Hand sie in ein Bereich der Sorge und Peinlichkeit zurückgeleiten, aus dem sie sich eben erst, mühsam genug, losgemacht?

Sie legte das Buch auf einen Schrank am Ende des Zimmers, doch holte sie es von dort wieder, aus Rücksicht auf Gottfried. Sie wollte ihm wenigstens sagen können, daß sie versucht, darin zu lesen. Sie tat es mit widerstrebendem Gefühl, aber mit stets wachsender Spannung. Sie war gefesselt, umstrickt, aber mit beengenden, mit unlauteren Banden. Ihr Blut erstarrte bei manchen Schilderungen.

Da war dem Tier im Menschen jede Regung abgelauscht und mit schamloser Genauigkeit auseinandergesetzt. Da war eine erzwungene, erlogene Sinnlichkeit, aus der die offenbare Ohnmacht mit bleicher Fratze hervorgrinste. Da war die Fülle niederer Wirklichkeit aus dem seichten Strom des gemeinen Lebens geschöpft, da fehlte alle höchste Wahrheit, die der Poesie. Da war endlich der Notbehelf, der armselige, einer lahmen Phantasie: das mit photographischer Treue und Verzerrung gezeichnete Porträt; Persönlichkeiten, aus dem Schutz des Hauses gerissen und an den Pranger gestellt, zur Augenweide eines Publikums, demjenigen verwandt, das sich zu den Hinrichtungen drängt.

Im großen ganzen – die klägliche Mißgeburt des schreiblustigen Jahrhunderts: der Sensationsroman.

Und dennoch! durch diese unreine Atmosphäre, diese matte, erschlaffende Luft, durch dieses fahle Farbenspiel der Fäulnis, brach es manchmal herein wie ein zitternder Strahl sonnigen Lichtes. Das mißbrauchte, zugrunde gerichtete Talent besann sich einen Augenblick auf sich selbst ...

Du armes Talent! dachte Lotti, wie hat sich an dir versündigt, der zu deinem Hüter bestellt worden!

Der Morgen begann zu grauen, und sie wachte noch über ihrem Buche. Ihre Stirn, ihre Augen brannten, und ihre Hände bebten vor Frost.

Die Lampe knisterte und flackerte; vom verkohlten Docht stiegen Funken im angerauchten Zylinder empor. Lotti löschte das sterbende Licht und suchte ihr Lager auf. Wie wohltätig wäre ein wenig Schlaf gewesen. Sie schloß die Augen und bemühte sich, regungslos zu liegen; da begannen alle ihre Pulse zu pochen, eine fürchterliche Beängstigung beklemmte ihr den Atem. Ihr war, als riefe eine flehende Stimme um Rettung zu ihr, die klagte, die sprach: Du hast mich gekannt in meiner Reinheit, rette eine verlorene Seele! ... Verloren, weil du dich von ihr gewandt. Du warst die Starke, und ich war schwach, du hättest mich nicht verlassen sollen. Aber du suchtest Ruhe, du rangst nach Frieden und gabst mich auf, und ich sank und sinke immer tiefer ohne dich ... Beweine mich nicht nur – rette mich!

Eine lange Zeit verfloß – eine wie lange? ... Die Uhren schwiegen alle, standen alle still ... Lotti hatte vergessen, sie aufzuziehen – zum ersten Male, seitdem es ihr überhaupt oblag, für Uhren Sorge zu tragen, ihrer vergessen ... Wie spät war es denn? Wollte der Tag heute gar nicht kommen? Wollte eben heute die sonst so rührige Agnes nicht erwachen? Ja, wenn man die Zeit an Pulsschlägen abzählen könnte, wie die Alten getan ... oder wenn Lotti die Sanduhr besäße, welche sich dereinst das Fräulein in Schlesien verfertigt hatte, das Fräulein, das seine Lebenszeit abmaß an der verrinnenden Asche des verstorbenen Verlobten ... an diese Sanduhr erinnerte Lotti sich jetzt, und wie paßte der Einfall in das Gewirre von ganz anders wichtigen Gedanken in ihrem fiebernden Hirn? ...

Endlich wird die bange Stille im Hause unterbrochen. Agnes ist auf den Beinen und schaltet mit gewohnter Energie in ihrem Küchenbereiche.

Lotti erhebt sich, zieht die Vorhänge hinauf, ruft die Alte ins Zimmer und fragt nach der Zeit. Es ist noch sehr früh am Morgen, noch unmöglich, die Dienerin auszusenden, um die Wohnung des Advokaten Schweitzer zu erfragen – des Advokaten Schweitzer, den Lotti besuchen will.

»Eines Advokaten!?« – Agnes fällt fast um vor Schrecken – das ist ja einer vom Gericht, was hat ihr Fräulein mit dem Gericht zu tun?

Und zwei Stunden später, nachdem Agnes die gewünschte Adresse richtig zustande gebracht und Lotti schweigend und eilends das Haus verlassen hatte, wurde die Magd von solchen Qualen der Neugier erfaßt, daß sie – sie konnte sich nicht anders helfen – in Tränen ausbrach.

Der Weg Lottis war nicht weit, bald schellte sie an Schweitzers Tür. Eine ältliche Dame öffnete und erklärte mit höflichem Bedauern, daß ihr Bruder jetzt nicht zu sprechen sei.

Allein nachdem Lotti sich genannt, und auf ihre dringende Bitte, entschloß die Dame sich dennoch nachzufragen, und wenige Sekunden später erschien Schweitzer selbst.

»Fräulein Feßler!« rief er, »Sie kommen wie ein Schutzgeist.«

Er führte sie durch ein einfach eingerichtetes Wohnzimmer in eine große Stube mit tiefem, dunklem Alkoven. In der Mitte des weitläufigen Gemaches stand ein riesiger Schreibtisch und neben demselben ein ebensolcher geöffneter Geldschrank. In hohen Stößen waren darin Wertpapiere aufgehäuft, hinter eisernen Gittern Geldsäcke und Rollen geschichtet. Er schien gewaltige Reichtümer zu bergen und glich mit seinen schweren Angeln und seinen kunstvollen

Schlössern einem Ungeheuer, das Schätze hütet und sie, trotz seines lockend aufgesperrten Rachens, zu verteidigen sehr gesonnen ist.

Schweitzer bot Lotti seinen eigenen Lehnstuhl an, und sie nahm am Schreibtische Platz, während der Advokat, dessen ganzes Wesen die äußerste Aufregung verriet, vor ihr stehenblieb.

»Ich hätte mir Ihren Besuch nicht träumen lassen«, sprach er, »aber weil Sie nun da sind, weiß ich auch, was Sie hierhergeführt ... Es ist die Sorge um Halwig.«

Er beantwortete ihr bestätigendes »Ja« mit dem Ausrufe: »Und sie hat guten Grund!«

Der erwartete Brief war eingetroffen, Halwigs gerechter Anspruch abgewiesen.

»Es ist die schmählichste Niederlage meines Lebens!« rief Schweitzer. »Ich habe diesen Ausgang für unmöglich gehalten und deshalb gestern noch – Sie waren Zeuge – nicht jede Hoffnung auf eine günstige Lösung der Sache vernichtet, der Sache, für die ich mich aus eigenem Antrieb begeistert ... Ich, der vorsichtige, peinliche Geschäftsmann ... Halwig hätte an die alte, vergessene Geschichte nie gedacht.«

Er stieß unzusammenhängende Worte hervor, er verwünschte sich als den Urheber der Enttäuschung, die seinem Freunde bevorstand.

»Wissen Sie denn, was diese Enttäuschung bedeutet?« rief er. »Ich will es Ihnen sagen ...«

»Ich weiß es«, unterbrach ihn Lotti beschwichtigend. »Halwig ist nur noch auf sein Talent angewiesen, und dieses ist erschöpft ... Sprechen wir ruhig, ich bitte ... Nehmen wir an, Herr Doktor, der Prozeß wäre günstig für ihn entschieden worden. Die Summe, deren er bedarf, um das Gut seiner Schwiegereltern zu erwerben, läge da in diesem Schranke, was dann?«

»Was dann?«

»Würden Sie sagen: Schließe den Kauf, ziehe dich auf das Land zurück mit deiner jungen verwöhnten Frau? – Ich kenne sie nicht, aber ich glaube, sie wird die Freuden der Geselligkeit, der Stadt, nicht missen können.«

Schweitzer lachte auf.

»Nein, Sie kennen sie nicht. Die Stadt hat ihr nichts zu bieten; sie tanzt nicht ... Theater, Konzerte, Kunstsammlungen, was bedeuten ihr die? Sie ist ja blind, sie ist ja taub, sie hat vor allem andern keine Seele und kein Herz, außer für ihren Mann, für Papa und Mama, und für die sauberen Brüder, den Kiki und den Koko, oder wie man sie nennt ... Sie hat ja nichts als die ganz tierische, ganz unmündige und gedankenlose Zärtlichkeit für das Nest, aus dem sie hervorgegangen ist ... für eine Familie – welche Familie! mehr noch als jede andere eine Brutstätte des Vorurteils, das Grab der Nächstenliebe, denn was nicht zu ihr zählt, zählt überhaupt nicht ... Oh, was gäbe ich, um Halwig aus dieser Familie zu lösen! ... Ein Opfer wäre seinen Peinigern entrissen, das ihnen überantwortet ist für die Dauer des ganzen Lebens. – Fort nach England mit Papa und Mama, und auf das Land mit der Tochter und mit den seidenen Vorhängen, und mit der Menagerie, und mit den Reitpferden, und mit den Zigaretten ... Fort«, brach er plötzlich aus, »wenn ich wieder frei atmen soll, fort – aus meiner Nähe!«

Er beugte sich zurück und drückte die geballten Fäuste an seine Augen.

Eine Pause tiefen Schweigens trat ein.

»Was wird geschehen?« sprach Lotti endlich.

»Er wird den Kontrakt unterschreiben, ihn nicht einhalten können, das Gut wird unter den Hammer kommen, und Halwig und die schöne Frau ... nun, er kann immerhin noch taglöhnern gehen bei irgendeinem publizistischen Unternehmen, und sie wird sich an das Nadelgeld einer Taglöhnersfrau gewöhnen oder zu Papa und Mama nach

England reisen müssen, wenn sie es nicht vorzieht, das Nächstliegende zu ergreifen und die teuflische Macht, die ihr innewohnt, auszuüben. – Oh! Führe uns nicht in Versuchung! das heißt, bringe uns nie in Gelegenheit, all das Schlechte, dessen wir im Fall der Not fähig wären – zu tun ... Eine nichtswürdige Empfindung in der Brust eines braven Menschen – Sie ahnen nicht, was die gebiert – Sie ahnen nicht einmal, daß es die geben kann. Gräßlich!« stöhnte er, nahm sich zusammen und fügte in scharfem Tone hinzu: »Sehen Sie, Fräulein, in diesem Schranke liegen Schätze. Wirklich, respekteinflößende Schätze. Und doch sind sie nur Bruchteile des Besitzes ihrer Eigentümer. Diese Eigentümer haben unbedingtes Vertrauen zu mir, sie haben mir noch niemals nachgerechnet ... Wenn ich einmal irrte, in einem Ausweis, beim Addieren, und das Unwahrscheinlichste geschähe, gerade der fehlerhafte Ausweis würde eingesehen, je nun! der gute Schweitzer hätte eben einmal seinen Kopf nicht beisammen gehabt. Sind die Papiere nicht bei ihm? überhaupt nicht aufzutreiben? ... Je nun, der gute Schweitzer hat sie aus Versehen in den Ofen oder in das Kehricht geworfen, aber gestohlen, daß er sie gestohlen hat, würden seine Klienten nicht glauben. Und wenn er selbst es ihnen erzählte, würden sie denken, daß er ein Narr, aber nicht, daß er ein Dieb geworden ist. Wenn ich mich denn irrte ... wenn ich mich genau um die Summe irrte, um die es sich handelt, was hätte ich dann getan? ... Etwas, das mich vielleicht zum Wahnsinn oder zum Selbstmord treiben würde, ein Verbrechen, das größte, das ich begehen kann, denn es wäre ein Verbrechen gegen meine eigenste, angeborne Natur, und doch nichts im Vergleiche zu dem Elend, das über den unglückseligen Halwig hereinbricht, wenn ich ihn seinem Schicksale überlasse.«

»Was denken Sie?« fragte Lotti, »sagen Sie es mir offenherzig, Herr Doktor ...«

»Offenherzig?« rief er. »Ich könnte das Geld stehlen, das er braucht, und als Sie an meiner Tür schellten«, seine Stimme sank zu einem fast unhörbaren Flüstern herab, »war ich halb und halb entschlossen, es zu tun.«

»Lieber Doktor«, sprach Lotti, merkwürdig wenig erschüttert durch diese furchtbare Selbstanklage, »machen Sie sich nichts weis. Den Vorsatz hätten Sie nicht ausgeführt. Es muß auf andere Art geholfen werden ...«

Sie seufzte tief auf: »Und jetzt sagen Sie mir, wieviel kostet das Gut?«

Schweitzer nannte den Preis, fügte aber hinzu: »Der Wert ist mindestens das Doppelte ... Wollen Sie es kaufen?« rief er plötzlich aus, »ich höre, daß Sie im Besitz eines Nibelungenhortes sind, einer Uhrensammlung«, er lächelte gutmütig, aber doch auch sehr spöttisch, »ein totes Kapital, das ist heutzutage fast eine Sünde. Fräulein Feßler, verkaufen Sie Ihre Uhren und kaufen Sie das Gut! Es wäre nicht völlige Hilfe, aber es wäre viel, die Eltern würden wir dadurch los ... und dann ließe sich weiterdenken. Kaufen Sie das Gut! Für die Administration will ich sorgen. Kaufen Sie das Gut! Vom alleinigen Standpunkte des Nutzens aus, ohne jeden Nebengedanken, kann ich Ihnen nicht genug dazu raten.«

Der praktische Geschäftsmann in ihm kam mit einem Male zum Vorschein und führte eine Zeitlang ausschließlich das Wort. Die offenbaren, auf der Hand liegenden Vorteile jedoch, für die er sich bereit erklärte gutzustehen, schienen Lotti kein Interesse abzugewinnen. Sie wollte etwas ganz anderes wissen. Sie fragte: »Wenn Sie jetzt zu Halwig gingen und ihm ankündigten, daß sein Prozeß gewonnen ist, würde er nicht erfahren wollen, wie das zugegangen, den Brief nicht sehen wollen, der die Nachricht brachte?«

Schweitzer starrte sie mit aufgerissenen Augen an: »Was soll das?«

»Antworten Sie mir! Ist er ein solches Kind in Geschäftssachen, daß man ihn glauben machen könnte ...«

»Den?« unterbrach sie Schweitzer, »alles kann man dem aufbinden. Geschäftssachen! noch ganz andere Leute sind Kinder in Geschäftssachen ... aber um Gottes willen ... Sie haben einen Rettungsplan, ich seh's. Sie werden helfen, Sie! ...« Er faltete die Hände, er vermochte nicht weiterzusprechen.

»Ich schaffe Ihnen in einigen Tagen das nötige Geld«, sagte Lotti, »Ihre Sache ist es dann, Halwig damit zu betrügen. Aber – nicht einmal der Tod hebt das Versprechen auf, das ich von Ihnen fordere: Sie schweigen, Sie bewahren mir für immer das Geheimnis.«

Sie erhob sich und streckte ihm die Hand entgegen, die er feierlich ergriff.

»Ich frage Sie nicht«, sprach er, »welches Opfer bringen Sie? Auf welche Lebensfreude leisten Sie Verzicht, um das möglich zu machen? Ich frage: Vermögen Sie die Wohltat zu ermessen, die Sie erweisen?«

Lotti schüttelte den Kopf. »Vielleicht nicht. Ich tue nur, was ich nicht lassen kann: ich gebe ein im Grunde doch entbehrliches Gut hin, um die Seele eines Menschen zu retten, der mir einst teuer war.«

Damit nahm sie Abschied.

Sie begab sich nach dem Laden Gottfrieds, fragte dort vergeblich nach ihm – er war nicht zugegen, war schon vor geraumer Zeit fortgegangen. Als sie nach Hause kam, fand sie ihn, ihrer in sehnsüchtiger Ungeduld wartend.

»Was geht vor?« fragte er und stellte sich eilends in seine Fensterecke. »Ein merkwürdiges Leben führst du seit einigen Tagen.«

Er verfolgte mit den Augen jede ihrer Bewegungen.

Sie hatte den Hut abgenommen und beschäftigte sich mit dem Zusammenlegen ihres Tuches. Jetzt kam sie langsam auf den Tisch zugeschritten und ließ einen zerstreuten Blick über die ihrer harrende Arbeit gleiten. Gottfried hatte diese so appetitlich hergerichtet, daß ein echtes Uhrmacherherz dabei aufgehen mußte; allein dasjenige Lottis verleugnete sich in dem Momente gänzlich.

Sie nahm Platz, schob die kleinen Glasglocken samt ihrem zarten Inhalt beiseite und stützte die Ellbogen auf den Tisch. Mit trüben, etwas geröteten Augen betrachtete sie lange, wehmütig und wie fragend das Bild ihres Vaters. Endlich wandte sie sich zu Gottfried. Aber nicht wie um gewöhnlich Auskunft zu erhalten über den Gang einer Pendeluhr, über die Leistung eines Echappements und ähnliche angenehme Dinge, sondern mit einer Erkundigung nach dem ihr unangenehmsten Menschen – dem Agenten des Amerikaners.

Der war noch da und behelligte Gottfried nur zu oft mit seinen Besuchen. Er kam unter allerlei Vorwänden, hatte jedoch nur einen Zweck, den unerreichbarsten. Gottfried lächelte mitleidig.

»Die Uhrensammlung möcht er an sich bringen.«

»Er soll sie haben. Ich verkaufe die Uhren.«

Gottfried stieß einen Schrei des Erstaunens aus. Das war nicht im Scherz, war auch nicht obenhin wie die Andeutung einer Möglichkeit gesagt, das war ein ernster, wohlüberlegter Entschluß, den Gottfried mit innerster Empörung vernahm.

»Das tust du für Halwig!« brach er plötzlich los, und Lotti senkte bejahend das Haupt.

»Ich kann nicht anders. Ich werde dir alles erklären, aber nicht jetzt. Jetzt möchte ich nur den Abschied von meinen armen Uhren schon überstanden haben. Du wirst – ich bitte dich – mit dem Agenten sprechen. Es bleibt bei dem Preis, den der Amerikaner damals dem Vater angeboten. Weißt du, ob er den noch bezahlen will?«

»Das will er gewiß.«

»Bestelle ihn also ... und gleich, wenn du mir eine Wohltat erweisen willst.«

Er blickte in ihr schmerzlich verzogenes Gesicht. »Ich werde dir die Wohltat erweisen, ihn nicht zu bestellen.«

»Gottfried! ...«

»Lotti, Lotti! ... Wie kannst du – und für den? ... Warum denn alles für den?«

Sein ganzes Innere war im Aufruhr, und Lotti verlor fast das Gefühl ihres eigenen Leids über der Teilnahme mit der bitteren Qual, mit welcher er rang und die auszusprechen ihm nicht gegeben war.

»Ich muß, siehst du!« sagte sie, »ich darf nicht anders.«

»Überleg's. Mir zuliebe ... versuch einmal, etwas mir zuliebe zu tun, überleg's! ... Es wird dich gereuen.«

»Es ist nicht mehr Zeit zu überlegen, ich habe mein Wort verpfändet – und gereuen? Ich glaube, daß es mich nie gereuen wird.«

»Auch dann nicht, wenn du erfahren wirst, daß du es umsonst getan hast? – Und das wirst du erfahren!«

Lotti widersprach ihm nicht, und Gottfried fuhr eifrig fort: »Ein solches Opfer ... o wahrhaftig, der ein solches Opfer annimmt, der ist's nicht wert!«

»Er würde es nicht annehmen, wenn er davon wüßte. Geh jetzt und komm bald wieder, mit dem – Käufer.«

Sie wollte sich erheben, aber die Knie versagten ihr den Dienst, und sie lehnte sich erschöpft in den Sessel zurück.

Gottfried trat näher. »Du kannst nicht helfen, glaube mir, es ist hier nicht zu helfen.«

»Aber eine Frist zu gewinnen, und in dieser Frist die Gelegenheit ...«

»Zu einem Wunder?« fiel Gottfried ein.

»Vielleicht.«

Er wandte sich unwillig ab, und Lotti sagte entschlossenen Tons: »Darf der Arzt, der einen Kranken aufgegeben hat, ein Mittel, ihn zu retten, unversucht lassen? Er darf es nicht – wegen seines eigenen Seelenfriedens, wegen dieses furchtbaren ›vielleicht‹, das dich böse gemacht hat.«

»Mich böse?!« rief Gottfried. Mit unbeholfener Zärtlichkeit erfaßte er ihre Hand, und wie ein Erstickender flüsterte er: »Was würde der Vater sagen? ... Lotti, denk an ihn.«

»Ich habe zuerst an ihn gedacht und sage dir: er hätte es auch getan.«

Sie suchte ihm ihre Hand zu entziehen, er hielt sie fest und rief: »Mag sein ... aber der Vater hätte dabei auch ein Wort für mich gehabt ... Mißverstehe mich nicht! ... ich hab ja gar kein Recht – ich meine nur, er hätte zu mir gesprochen: Das geschieht für einen andern – deshalb brauchst du nicht zu denken, daß mir der andere lieber ist als du.«

Er stockte, wie erschrocken über seine eigene Kühnheit, und gab die Hand Lottis plötzlich frei. Sie sah ihn an, bestürzt und angstvoll, mit Schamröte übergossen. Der Schmerzensschrei des schweigsamen Mannes erweckte in ihrer Brust einen Sturm von Selbstanklagen. Ihre Verwirrung vergrößerte noch die seine.

»Verzeih«, stotterte er, »ich gehe«, und wandte sich zur Flucht mit einer so ratlosen und hastigen Eile, daß Lotti – es schien ihr selbst unglaublich – über ihn lachen mußte. Er blieb stehen, halb empört, halb erfreut: »Du lachst?«

»Ich lache –« sie brach in Tränen aus: »Wir sind zwei alte, erbärmliche Weichlinge.«

»Weichlinge ...« wiederholte er und näherte sich ihr schüchtern – »Lotti –«

»Gottfried –«

Und die »Geschwister Feßler« umarmten sich.

13

Am Nachmittage fand in der Wohnung des Fräuleins Charlotte Feßler eine feierliche Handlung statt. Das Fräulein übergab Herrn C. B. Fischer, Agenten des Hauses F. O. Wagner-Schmid in New York, in Gegenwart der Herren G. Feßler, Uhrmachermeister, und W. Schweitzer, Advokat, eine Sammlung, bestehend aus dreihundert altertümlichen Taschenuhren. Durchschnittspreis per Stück fünfhundert Gulden. Summe des Kaufpreises: Einmalhundertundfünfzigtausend Gulden.

Herr C. B. Fischer, ungewöhnlich lang, ungewöhnlich breit, ungewöhnlich wohlgenährt, mit dem rundesten Bulldoggesicht und dem feuerfarbigsten Backenbart in ganz Amerika gesegnet, und dieser Vorzüge sich sehr bewußt, hielt den Katalog in seiner Rechten. Eine gewaltige Rechte, die mit Leichtigkeit einen Suppenteller umspannt hätte. Er verifizierte jedes Stück, das Lotti aus dem Schränkchen nahm, sorgsam verpackte und in eine Kassette legte, die Herr Fischer mitgebracht.

»Fünfhundert? ... auch die? ... auch die fünfhundert? ... Mir wäre das Ding nicht dreißig wert«, sagte der Agent von Zeit zu Zeit; unter andern gerade bei der Mudge und bei der Majoratsuhr. Oder er rief: »Dieser Kauf! – Eine Millionärsmarotte. Finden Sie nicht, Herr Doktor? – Was?«

Schweitzer verzog keine Miene. Gottfried war ruhig wie einer, der standhaft den ersten Grad der Folter aushält, und sprach alle zehn Minuten einmal: »Vorwärts, wenn ich bitten darf.«

Lotti würdigte Herrn Fischer kaum eines Wortes, kaum eines Blickes. Der Mann erweckte ihr soviel Sympathie, wie eine Sabinermutter für einen töchterraubenden Römer empfunden haben mochte.

Nach fünf tödlich langen Stunden empfahlen sich die drei

Herren. Der Agent trug die Kassette mit solcher Leichtigkeit unter dem Arm, als ob es ein Claquehut gewesen wäre, und bald hörte Lotti den Wagen, der ihre Uhren entführte, über den Platz rollen. Sie sah ihm nicht nach. Sie saß neben ihrem leeren Schränkchen, hatte seine Laden geschlossen und die kleinen Flügeltüren gesperrt.

Jetzt könnt ich mir einbilden, dachte sie, daß alles noch beim alten ist. Was braucht man denn, um Liebes, das man einst besaß, immer zu behalten? – ein gutes Gedächtnis und einige Phantasie. Das wollte sie Gottfried zum Trost sagen, dem Getreuen, für den es von jeher keinen Schmerz, keine Enttäuschung, keinen Verlust zu geben schien als diejenigen, die sie erfahren hatte. Zum ersten Male, seitdem sie ihn kannte, das heißt solange sie lebte, hatte sie heut eine eigensüchtige Regung bei ihm wahrgenommen. Allein wie rasch war auch diese erloschen, wie war er bestürzt gewesen über den unwillkürlichen Ausdruck eines Gefühls, das ihm bisher fremd gewesen wie die Sünde. Sie kannte ihn und wußte – jetzt quält er sich und kann sich's nicht verzeihen, daß er ihr eine schwere Stunde noch schwerer gemacht und in dem Augenblick, in dem sie ihr Teuerstes hingab, unedel ausgerufen: »Und ich? ...«

Und er! ... war's nicht ganz recht, daß er sie einmal gemahnt, er zähle mit in der Reihe der Wesen, die einen Anspruch an sie stellen durften? – Bisher hatte er keinen geltend gemacht. Er war gut und treu; daß er sich so zeigte, verstand sich von selbst, und wer denkt erst lang über selbstverständliche Dinge nach? – Manchmal wohl hatte es in der Seele Lottis aufgedämmert: Da ist einer, dem verdankst du mehr, als du vergiltst. Da ist einer, dem hast du öfter weh als wohl getan. Aber die Fragen: Warum? Womit? scheute sie sich zu beantworten.

Es geht gar seltsam zu in der Wunderwelt der Seele. Empfindungen schlummern in ihr, die nie erwachen, wenn man sie nicht nennt, einmal genannt jedoch, nie wieder schlafen können. Lotti fürchtete sie und ihre unbekannte und unberechenbare Macht. – Wozu auch grübeln? – über ein Verhältnis zwischen Bruder und Schwester, zwei braven Leuten, die in Frieden miteinander alt geworden sind und also sterben wollen. Zugleich – geb's der Himmel! Denn ein Leben, in dem Gottfried fehlen würde und seine nie ermüdende treue Sorgfalt, das wäre keine Freude mehr.

Allmählich war die Dunkelheit hereingebrochen. Lotti lehnte sich zurück und schloß die Augen. In leisen Halbschlaf versunken, hörte sie Agnes nach Hause kommen und draußen Zurüstungen zur Abendmahlzeit treffen. Die Alte kehrte von einem Besuch bei ihrer Schwester zurück, zu dem Lotti sie veranlaßt hatte. Mitten in der Woche und ohne jeden vernünftigen Grund war sie aufgefordert worden, die Vergnügungsreise in die Vorstadt zu unternehmen. Gewöhnlich kam sie von derselben in bester Laune heim; heute war sie gestimmt wie ein hungriger Wolf.

Schweigend zündete sie die Lampe an und beantwortete die Frage Lottis nach dem Befinden der Schwester mit einem undeutlichen Gemurmel. Die ganze Agnes war eitel Zurückhaltung, jede ihrer Mienen und Bewegungen sprach: Hast du deine Geheimnisse, hab ich die meinen.

Ihre mit großer Ausdauer zur Schau getragene Gekränktheit begann ihre Wirkung auf die Herrin auszuüben. Diese war hellmunter geworden. Es konnte auch nicht anders sein, denn schweigend verhielt sich Agnes, aber nicht still. Sie vollführte vielmehr mit einigen Tellern und einem Bestecke ein Gerassel, das in Anbetracht der geringen Mittel, mit denen es verursacht wurde, ganz merkwürdig zu nennen war.

»Liebe Agnes«, begann Lotti sehr sanft und noch keineswegs im reinen über die Fortsetzung, welche diese Anrede erhalten sollte. Da erschallte die Hausglocke, und Agnes stürzte, abermals Unverständliches murmelnd, aus dem Zimmer.

»Das Fräulein zu Hause?« ließ eine laute Stimme sich im Vorgemache vernehmen, und im nächsten Augenblick trat Halwig ein.

Er war bleich und erregt: »Erlöst!« stieß er, kaum fähig zu sprechen, hervor. »Nehmen Sie teil an meinem Glück.« Er preßte beide Hände gegen seine Brust. – »Ich bin erlöst – ich bin ein freier Mann!«

Lotti wagte nicht ihn anzusehen ... absichtlich täuschen – es bleibt doch immer etwas Furchtbares. In äußerster Verlegenheit sprach sie: »Sie haben Ihren Prozeß ...«

»Gewonnen! ja, ja, meine Hoffnung, die kühne, die ich nie aufgegeben, ist erfüllt ... Fräulein Lotti – freuen Sie sich doch mit mir.«

»Ich freue mich von ganzem Herzen, lieber Freund.«

»Sehen Sie hierher! Erkennen Sie das?« Er zog ein Heft aus seiner Tasche. – »Es ist dem Edlen, dem ich es gestern vor Ihren Augen übergab, zum zweiten Male abgerungen worden und soll vor Ihren Augen in Rauch aufgehen.«

Er hielt einige Blätter des Manuskriptes über die Lampe, sie entzündeten sich; er schwang die Schrift hoch in der Luft, um sie in hellen Brand zu setzen, und warf, nachdem dies geschehen, die lodernde in den Kamin. Mit wildem Behagen schürte er die Flamme, die sein Geisteskind verzehrte, und rief: »Was nie hätte geboren werden sollen, sterbe! Könnt ich alles so vernichten, was geschrieben zu haben mich reut! Ein Trost bleibt mir übrigens«, fügte er mit bitterem Lachen hinzu, indem er sich am Arbeitstische Lottis niederließ: »Lange werden meine Werke den Unwillen der Freunde des Schönen nicht erregen. Mit dem Tage geht unter, was dem Tage gedient. O Fräulein Lotti! ich hatte anderes von mir erwartet. Erinnern Sie sich noch? Wissen Sie noch, was ich geträumt und angestrebt? Wissen

Sie noch, wie fest entschlossen ich war, diese Erde, die mich getragen, nicht zu verlassen, ohne ihr die Spur meines Schrittes eingeprägt zu haben?«

Lotti senkte den Blick vor seinen fragend auf sie gerichteten Augen: »Jawohl – was haben Sie, was habe ich Ihnen nicht zugetraut?«

»Vorbei!« er erhob von neuem sein gequältes Lachen. »Sie haben noch nie einen Menschen gesehen, mit dem es so völlig vorbei gewesen ist wie mit mir . . .«

»Es wird schon wieder anfangen«, sagte Lotti.

»Sie wissen nicht, wie es in mir aussieht.«

»Kommen Sie nur erst zur Ruhe.«

»Die ist's ja, die ich fürchte! . . . Mit ihr kommt die Besinnung. In der rastlosen Tätigkeit, in der ich lebte, hatte ich wenigstens nicht Zeit zur Besinnung. Glauben Sie nicht, daß mir die Wohltat der Selbsttäuschung zuteil geworden . . . Immer wieder, trotz allem, was ich tat, um ihn zu verscheuchen, immer wieder tauchte der Gedanke in mir auf: Was du treibst, ist Seelenmord . . . Ich habe Stunden des Rausches, des Triumphes gehabt, aber glücklich, liebe Freundin, war ich nicht mehr, seitdem ich mein Talent im Dienste irdischer Zwecke zu fronen zwang.«

Lotti suchte nach Worten der Beschwichtigung, allein diejenigen, die sie fand, erschienen ihr schwach und kühl und nicht besser als Gemeinplätze. Ihre Ohnmacht, zu trösten, äußerte sich durch Ablenkung von der Klage. Sie verwies ihn auf den segensreichen Einfluß, den das Landleben auf ihn ausüben werde, und da rief er plötzlich beistimmend: »O ja, darauf zähl auch ich. Wonne und Wohltat wird mir die Stille des Landlebens sein. Vor allem andern wird es mich erquicken, meine kindische Frau am Ziel ihrer Wünsche zu sehen. Sie haßt die Stadt, diese kindische Frau . . . Sie müssen sie draußen im Freien sehen . . . Im Jagdgewand, den Stutzen in ihren kleinen Händen – ich sage Ihnen, sie schießt wie Wilhelm Tell. Oder man muß sie sehen, ein wildes Pferd bändigend, mit Weisheit und Geduld – oder den Wald durchstreifend, kühn wie ein Jäger und hold wie eine Fee. Das war mein Gram von Anfang an, daß ich sie aus ihrer grünen Heimstätte, in der sie aufgewachsen ist und aufgeblüht, wo sie sich gesund fühlt, hierherbringen mußte, in dieses steinerne Grab, in dem sie das Dasein einer Lerche im Käfig führt.«

Sein Gesicht hatte sich verklärt, während er von seiner Frau sprach.

»Ich liebe sie«, fügte er hinzu und wiederholte: »Ich liebe sie. Wie kann das sein? denken Sie vielleicht, sie teilt ja deine geistigen Interessen nicht. Ein Kind, Teuerste, tut das auch nicht, und man liebt es doch. Sie ist das meine. Ein anderes wünsch ich nie zu haben, denn dieses würde gewiß lesen lernen wollen, und das – Sie begreifen – dürfte ich ihm nicht gestatten ...« Er unterbrach sich: »Immer mahnt es wieder!« rief er heftig aus und versank in Schweigen.

»Haben Sie Schweitzer gesprochen?« fragte Lotti nach einiger Zeit.

»Nein. Er schrieb nur einen Zettel mit der großen Nachricht, bedeutete mich aber, ihn heute weder zu erwarten noch zu besuchen. Einer seiner Klienten schießt einen Teil der Summe vor, die ich erhalten werde – wann? ist wohl noch nicht bestimmt. Morgen soll der Kaufkontrakt unterschrieben werden, in acht Tagen reisen meine Schwiegereltern ab ... ein Schmerz für Agathe – ich möchte die Tränen nicht sehen müssen, die sie bei dem Abschied vergießen wird. Ist der aber einmal vorüber, dann habe ich sie erst ganz gewonnen, dann wird sie erst mein alleiniges Eigentum. Lachen Sie mich nicht aus, Fräulein Lotti – wenn auch noch soviel Grund dazu vorhanden ist. Die Liebe ist einmal partieller Wahnsinn, und der meine scheint mir unheilbar, denn er verschlimmert sich von Tag zu Tag.«

»Um so besser, lieber Freund; Sie haben mir da eine Menge Dinge gesagt, die mir wunderbare Beruhigung verschaffen. Bisher konnt ich eine leise Sorge nicht unterdrükken, daß Ihre Frau, noch so jung, so außerordentlich schön und gefeiert, wo immer sie erscheint, sich vielleicht doch auf die Dauer mit einem ganz stillen und einförmigen Leben nicht begnügen würde.«

»Die Sorge war unbegründet!« rief er zuversichtlich aus. »Besuchen Sie uns, kommen Sie und bleiben Sie lange bei uns. Überzeugen Sie sich, ob ich recht habe zu sagen: auf dem Lande ist Agathe in ihrem wahren Element. Etwas viel Sport werden Sie finden – sich vielleicht wundern, daß eine junge Dame so leidenschaftliches Interesse an Dingen nimmt, die freilich nicht eben von idealer Natur ... allein, Beste, das werden Sie zugestehen, die Freuden, die ihr die höchsten sind, sind sehr unschuldige. Man spielt dabei manchmal um sein Leben, aber nie um mehr. Ich wollt, ich hätte keine andere Begabung jemals in mir verspürt als diejenige, die man braucht, um ein tüchtiger Reiter oder Jäger zu werden. Bei Gott, das wollt ich ...«

Er biß die Zähne zusammen und starrte vor sich hin in die Luft. »So ist es«, murmelte er, erhob sich und trat auf Lotti zu.

»Leben Sie wohl. Kommen Sie bald zu uns.«

Sie ergriff die Hand, die er ihr reichte: »Leben Sie wohl, Halwig, und werden Sie gesund.«

»Gesund?«

»Jawohl. Jetzt sind Sie's nicht.«

Sie blickte mit der besorgten Teilnahme einer Mutter in sein Gesicht. »Eines sagen Sie mir noch: Wie gedenken Sie Ihr Leben einzurichten?«

»Sehr einfach. Ich will bei meinem Pächter Landwirtschaft studieren. Ich will mit Aufmerksamkeit die Fortschritte der Dorfjugend in der Schule verfolgen. Ich will mit einem Worte allerlei nützliche Dinge betreiben. Da ich nie mehr etwas Schönes hervorbringen werde, will ich wenigstens versuchen, etwas Vernünftiges zu tun.«

»Und warum sollten Sie nichts Schönes mehr hervorbringen?«

»Weil ich das Gefühl dafür verloren habe, dünkt mich ... das läßt sich nicht wiedergewinnen.«

Er riß sich gewaltsam aus den trüben Gedanken, die ihn von neuem zu umweben begannen: »Auf Wiedersehen!«

»Auf Wiedersehen, lieber Halwig. Noch etwas muß ich Ihnen sagen ... Denken Sie sich, es wären Monate vergangen – Sie haben ausgeruht, haben einmal wieder tief und gewaltig empfunden, daß die Welt schön und das Leben etwas wert ist – und plötzlich beginnt es in Ihrer Seele zu tönen wie einst. Sie lauschen den Klängen, Sie wollen nichts, als sich umspinnen lassen von den lieblichen Harmonien und festhalten, was die Ihnen vorgesungen. Und ohne Ihr Zutun, fast ohne Ihr Bewußtsein, strömt ein harmloses Lied von Ihren Lippen, eines von denen, wie die Nachtigallen und die Dichter sie singen, und die Welt heute nicht mehr anhören mag, und die Verleger nicht mehr veröffentlichen. Ein solches, ein so ganz unpraktisches, muß es sein. Die Stunde, Freund, in welcher dieses Lied Ihnen gelingt, ist die Stunde Ihrer Wiedergeburt. Sie wird kommen. Ich will einmal Kassandra sein und prophezeien, aber lauter Gutes. Und jetzt gehen Sie. Auch ich bin erstaunlich müde und ruhebedürftig.«

Er beugte sich über ihre Hände und küßte sie. –

»Sie haben doch nicht ganz vergessen«, sagte er leise und innig, »daß Sie einst die Braut eines Poeten waren – aber ich bin keiner mehr.«

Er ging, und Lotti rief bald darauf die alte Agnes herein und wünschte ihr mit besonderer Freundlichkeit eine gute Nacht. Der Wunsch blieb von der zürnenden Dienerin unerwidert, und dennoch schlief Lotti bis zum Morgen in einem Zuge. Sie hatte von ihren Uhren geträumt, sich wieder im Besitz derselben gesehen, und ihr wurde nichts weniger als froh zumute, als sie am folgenden Tage beim Frühstück saß, dem leeren Schranke gegenüber.

Gottfried kam, sah verlegen aus, machte im Gespräch noch längere Pausen als gewöhnlich, hatte eine Welt auf dem Herzen und war nicht imstande, ein befreiendes Wort zu sprechen.

»Was fehlt dir?« fragte Lotti.

»Brave Gesellen«, antwortete er mit verstörten Blicken. »Es ist nichts an den Leuten. Kein Ernst, kein Geschick, keine Liebe zum Handwerk. Sie können nichts und wollen nichts lernen. Wenn das der Nachwuchs ist, wohin gelangen wir? In fünfzehn Jahren gibt es in der ganzen Stadt keinen tüchtigen Uhrmacher mehr.«

Das war nun freilich sehr traurig, aber daß ihm die Sache so völlig seine Seelenruhe raubte, wie es nach und nach immer mehr den Anschein gewann, nahm Lotti doch wunder. Sie hatte noch sehr oft Gelegenheit zu fragen: »Was fehlt dir?« erhielt aber nie einen ordentlichen Bescheid. Seit dem Tage, an dem sie ihre Uhren verkauft hatte, war Gottfrieds gleichmäßig heitere Laune dahin. Wie von jeher widmete er Lotti seine ganze Sorgfalt, suchte ihr alles Unangenehme fernzuhalten, blieb immer der getreueste und aufmerksamste Freund, aber bei alledem äußerte sich doch manchmal, und gewiß ganz gegen seinen Willen, etwas wie ein stiller Vorwurf in seinem Wesen. Lotti hatte ihn wohl schon in früheren Zeiten so gesehen und bei solcher Gelegenheit eine gewisse Ungeduld niemals unterdrücken können. Jetzt empfand sie nur Rührung und Bedauern und staunte im stillen über die Veränderung, die mit ihr vorgegangen war.

14

Die Tage vergingen einförmig. Lotti führte ihr stilles Leben fort. Die einzige Veränderung darin brachten die Besuche des Advokaten Schweitzer hervor. Er kam sehr oft, zu Gottfrieds großer Befriedigung. Dieser hatte für ihn eine Liebe gefaßt, kaum minder plötzlich wie die Romeos zu Julien, und äußerte dieselbe in seiner beredten Weise: »Der ja! – ja der – das ist einer!«

Der Doktor brachte Nachrichten von Halwigs. Das junge Paar befand sich auf dem Gute; die Schwiegereltern waren nach England abgesegelt. Schweitzer beschäftigte sich mit dem Ordnen ihrer Angelegenheiten. Sobald er damit fertiggeworden, wollte er eine Reise nach dem Norden unternehmen, die heißen Sommermonate in Norwegen oder gar in Island zubringen. Er sagte, seine Nerven bedürften der Stärkung.

»Ich bin nervenkrank wie alle Leute: Sie allein ausgenommen und Gottfried, und vielleicht Ihre alte Agnes.«

»Nun, ich weiß nicht«, meinte Lotti und ließ ihre Augen von ihm auf Gottfried hinübergleiten.

Mit dessen Nerven, dachte sie, stände es auch nicht zum besten. Er war so eigen, schien oft selbst nicht zu wissen, was er wollte. Mehrmals schon hatte ihm Lotti Briefe von Halwig und Agathe vorgelegt, in welchen Fräulein Feßler beschworen wurde, zu ihnen zu kommen und einige Tage bei ihnen zuzubringen.

Gottfried hatte nie etwas anderes dazu gesagt als: »Ja, sie sind sehr höflich«, und: »Wann gehst du?« Aber dies geschah in so gepreßtem Tone, daß Lotti immer wieder statt: »Morgen«, wie sie gewollt: »Ich weiß es noch nicht«, antwortete.

Endlich kam ein so herzliches und warmes Einladungsschreiben, von den beiden Gatten unterzeichnet, daß Lotti, entschlossen, sich nicht länger bitten zu lassen, noch am selben Abend zu ihrer Dienerin sprach: »Agnes, morgen fahre ich um 8 Uhr mit dem Frühzuge fort. Wenn Gottfried vormittags nach mir frägt, sagst du ihm, ich sei bei Halwigs und käme um sechs Uhr abends zurück. Wenn er mich auf dem Bahnhof erwarten will, so wird mich das sehr freuen.«

Agnes war überaus zufrieden mit diesem Auftrage. In ihrer Einbildung schwelgte sie schon im Genusse des Erstaunens, mit dem Gottfried ihre Botschaft vernehmen, und der Fragen, die er an sie stellen werde. Sie bereitete sich sogleich auf die Künste vor, mit denen sie dasselbe noch erhöhen wollte, und schlief mit dem heißen Wunsche ein, daß ihr nur das Wetter keinen Strich durch die Rechnung machen möge.

Dieser Wunsch erfüllte sich vollständig. Der schönste Tag, welchen der junge Sommer dieses Jahres noch gespendet, brach am nächsten, einem Sonntagmorgen, an. Die herrlichste Junisonne glänzte, der reinste Himmel blaute über dem schnaubenden, dampfenden Eisenbahnzuge, der Lotti aus der Stadt entführte.

Nach zweistündiger Fahrt war sie an der kleinen Station angelangt, in deren Nähe das Gut Halwigs sich befand. Dahin, wie Lotti durch Schweitzer wußte, führte ein bequemer Feldweg, und sie hatte sich vorgenommen, die kurze Strecke zu Fuße zurückzulegen. Irrezugehen war unmöglich. Die Villa lag in dem grünen Wiesenland weithin sichtbar, wie eine Perle im offenen Schreine.

Munter begab sich Lotti auf die Wanderung. Sie fühlte sich erquickt durch die rasche Bewegung und auch ein wenig berauscht durch die ungewohnte kräftige Luft. Sie war allmählich in die gehobene Stimmung geraten, die beinahe jedes Stadtkind erfaßt, wenn es plötzlich aus seiner ummauerten in die unbegrenzte Welt versetzt wird. Die atmet Frische und Freudigkeit und teilt einem empfänglichen Gemüt schon etwas davon mit. Alles so freundlich und üppig bewachsen oder bewaldet, die Weiden, die Auen und der Gürtel von wellenförmigen Hügeln, der die liebliche Gegend umschloß. Das Schönste aber, das war die gewaltige Bergkette im fernen Hintergrund. Kaum zu unterscheiden von den Wolkengebilden am Horizont lag sie in silberner Dämmerung wie ein Wunder da, und wie ein Wunder schien von ihr ein sehnsuchtweckender Zauber auszugehen. Lotti näherte sich der Villa. Zwei Fahnen wehten von ihren schlanken Türmchen und verkündeten, daß Herr und Frau vom Hause anwesend seien. Der Weg führte an der Umzäunung des Gartens, einem feinen Drahtgitter auf niederem Mauersockel, vorbei. Lotti schritt denselben entlang und kam bei dem geöffneten Tor zugleich mit einem Reiter an, der sich vom Hause her genähert hatte. Dieser, ein kleines, dürres Männchen, hielt seinen langhalsigen Braunen, welcher schnob, als ob er Feuer geschluckt hätte, ein wenig an, um Lotti eintreten zu lassen. Ohne die Kappe zu rücken, aber mit gutmütiger Herablassung beantwortete er die Fragen der Fremden. Die »Herrschaften« waren ins nächste Dorf zur Kirche gegangen und dürften in einer Stunde zurückkehren. Länger bleiben sie schwerlich fort, denn um zwölf Uhr wird gefrühstückt.

Eine Stunde warten also – das ist im Grunde so schlimm nicht. Man kann die Zeit benützen, um den Garten anzusehen, und nebenbei um ein wenig auszuruhen.

Von dem breiten Kieswege der Avenue lenkte Lotti in einen schmaleren ein. Kein Mensch war sichtbar, soweit sie blickte, ringsumher herrschte die echte, ländliche Sonntagseinsamkeit. Lotti kam an einem herrlichen Tulpenbaum vorüber und betrat einen Fichtenhain, dessen kühler Schatten sie lockte. Unter den Bäumen stand eine eiserne Bank, auf diese ließ sie sich nieder.

Es ist doch ein gutes Ding, das Land! dachte sie und atmete tief und sah sich mit Entzücken in ihrer stillen Raststätte um. Die Fichten waren der unteren Äste schon beraubt, aber junger Nachwuchs bildete von außen einen Halbkreis um den Hain, exotische Topfpflanzen füllten die kahlen Stellen zwischen den Stämmen der alten Bäume. Zarte, südländische Palmen, Ficus, Daphnen, Begonien ließen sich's wohl sein im Schutze der nordischen Riesen. Die Königin der Araucarien, die Excelsia, breitete ihre farrenkrautähnlichen Zweige in majestätischer Anmut aus. Harzgeruch erfüllte die Luft, die Vögel sangen, im Grase schwirrte und summte es. Mit reichgefülltem Gurt kehrten emsige Bienen vom Besuche der blühenden Sommerlinden heim. Alles eifrig, alles beschäftigt, alles, was da schwebte, flog und kroch, sich selber so wichtig und so kühn in seiner Schwäche, so unverdrossen in der Ausübung seiner kleinen Kräfte.

Lotti schaute und lauschte und gab sich völlig dem Gefühl der süßesten Ruhe hin. Still genoß sie die köstliche Stunde, dieses bewegte, rastlose und doch so friedvolle Leben und Weben um sie her ... halb unbewußt, gedankenlos ... da plötzlich erklang aus der Ferne das Geläute eines Glöckleins.

Zwölf Uhr. – In zwei Stunden muß sie fort, Gottfried erwartet sie, und das darf nicht umsonst geschehen. Er hat eine herbe Enttäuschung gehabt, als er kam und sie nicht zu Hause traf. Er wird die Zeit sehr lang finden und sich gewiß mit der Vorstellung quälen, daß sie nicht kommt. Aber sie wird kommen! und wenn sie scheiden müßte, ohne diejenigen gesehen zu haben, denen zuliebe sie eine Art von Flucht unternommen hat. Diese sind übrigens vielleicht schon längst von ihrem Kirchgang zurück, warum bildet Lotti sich denn ein, daß sie gerade hier vorüberkommen müssen? Sie erhob sich, um den Hain zu verlassen, und im selben Augenblick vernahm sie das Gleiten langsamer Schritte über den Kies und sah ein weißes Kleid durch die Zweige der kleinen Bäume schimmern.

Halwig und Agathe näherten sich, schon waren ihre Stimmen deutlich zu unterscheiden. Lotti eilte ihnen entgegen, war aber noch nicht auf dem Wege angelangt, als sie zögernd stehenblieb.

Die beiden Menschen, die da einherwandelten, boten den seltensten Anblick, der auf Erden zu finden ist: den des vollkommenen Glückes. Sie hielten einander umschlungen. Sein Kopf war leicht geneigt, der ihre leicht erhoben, sie sahen einander in die Augen und flüsterten sich lächelnd und leise einzelne Worte zu. Sie schienen sich in Ausdrücken der Zärtlichkeit überbieten zu wollen, allein ihr Wetteifer hatte nichts Unruhiges, nichts Stürmisches. In diesem Kampf zu siegen oder zu unterliegen mußte gleich süß sein. Da war kein Ringen, kein Sehnen, kein banger Zweifel, da war Erfüllung mit ihrem himmlischen Frieden.

Sie kamen näher, ganz nah. Lotti meinte, von ihnen bemerkt worden zu sein ... doch irrte sie. Hermann und Agathe gingen vorbei, jedes blind für alles, was nicht das andere war, jedes dem andern eine ganze Welt. Nun waren sie am Ende des Weges angelangt, schritten über den Vorplan – verschwanden im Hause.

Lotti folgte ihnen nicht.

Was soll ich bei euch, dachte sie, ihr braucht keinen Dritten.

Einige Zeit verweilte sie noch, sinnend und träumend, in dem Haine, der ihr zuerst eine traute Gastfreundschaft und später, ohne daß sie es gewollt und gesucht, ein sicheres Versteck geboten hatte, dann trat sie ruhig den Rückweg an.

Die Hitze war drückend geworden. Lotti schlich mehr, als sie ging, sie hatte ja keine Eile; kam immer noch zu dem ausbündigen Vergnügen zurecht, ein paar Stunden lang vor dem Stationshäuschen auf und ab zu wandeln. Weit und breit kein Schatten, nur Wiesen und Felder. Nichts als schon in ziemlicher Nähe der Station, neben dem Grenzpfahl des Halwigschen Besitzes, ein steinernes Kreuz, von vier jungen Pappeln umgeben. Dort ließ sich ebenfalls ein wenig rasten, aber nicht im Schatten: davon war nicht die Rede, die Sonne stand ja noch im Scheitel. Gleichviel. Eine Landstreicherin, wie Lotti nachgerade geworden, dankt Gott auch für die Wohltat, auf steinerne Stufen gelagert, die Zeit, deren sie zuviel hat, an sich vorüberziehen zu lassen.

Sie trat an das Kreuz heran und bemerkte bald, daß sie keinen besseren Punkt hätte finden können, um Villa Halwig noch einmal recht nach Herzenslust zu betrachten. Das tat sie lange, und das innigste Gebet für die Erhaltung fremden Glückes, das einer Menschenbrust entsteigen kann, wurde zu Füßen des steinernen Kreuzes gesprochen.

Sodann setzte Lotti ihren Weg fort.

Sie begann ihre ganze Ausfahrt höchst drollig zu finden. Die Einladungen Halwigs und Agathens hatten sie mit dem Gefühl einer Verpflichtung belastet, dem sie gemeint durchaus genugtun zu müssen. So hatte sie sich denn aufgemacht, war gekommen und hatte, statt der sehnsüchtig ihrer wartenden Freunde, ein Liebespärchen gefunden, das verspätete Honigwochen beging und dem man keinen größeren Gefallen erzeigen konnte, als es allein zu lassen.

Sie kam sich ein wenig lächerlich vor, die gute Lotti, aber was schadet das einer so anspruchslosen Persönlichkeit wie ihr? – Nicht das geringste; und sie lachte im stillen und fühlte sich seelenvergnügt, obwohl von einem gewissen Unbehagen ergriffen, das – ein klägliches Ende ihrer poetischen Pilgerfahrt – durch ganz prosaischen Hunger hervorgerufen wurde.

Sie beschleunigte ihre Schritte. Ihre Absicht war, an der Tür des Stationshäuschens zu pochen und von seinen Einwohnern für Geld und gute Worte eine kleine Stärkung zu erlangen.

Das Pochen blieb ihr erspart. Die Frau des Bahnwächters, ein stämmiges, dunkeläugiges Weib, stand am Zaun ihres kleinen Gartens und nahm hier das Ersuchen der Fremden entgegen. Ihr Benehmen war anfangs nicht sehr ermutigend für den hergelaufenen Gast, wurde aber bald so zutraulich, daß Lotti sich fragte, ob dieses leutselige Wesen etwa der Freimaurerei, die nach Schweitzers Meinung zwischen ehrlichen Leuten besteht, zuzuschreiben sei.

Eine Stunde später saß sie so gemütlich, als ob sie zur Familie gehörte, in der Bahnwächterstube. Der Mann rauchte ihr gegenüber seinen schlechten Tabak aus einer hölzernen Pfeife, das Weib, an einer groben Jacke flickend, hatte neben ihr Platz genommen auf der Bank und der pausbäckige Sprößling des Ehepaares sich's auf Lottis Schoße bequem gemacht. Sie fand, er habe Ähnlichkeit mit einem ihrer Horatier, und das hatte sie sofort für ihn gewonnen.

Die Frau war bereits mit der Erzählung ihrer ganzen Lebensgeschichte fertiggeworden und schien nicht übel Lust zu haben, wieder von vorn anzufangen. Einleitende Betrachtungen wurden schon vorausgeschickt.

Ja, sie stand in ihrem zweiundvierzigsten Jahre, und ihr Bub hatte kürzlich erst sein drittes erreicht.

»Arme Leut kommen halt spät zum Heiraten. Auch darin, auch in so einer Sach haben's die Reichen besser.«

Da erhob sich der Mann, der Schnellzug mußte bald auf die Strecke kommen, in einigen Minuten wurde es Zeit, den Signalflügel aufzuziehen.

Nachdem er die Stube verlassen hatte – er war ein alter Mensch und sah recht mürrisch aus – begann seine Gattin, ihn zu loben. »Er« war brav. »Er« war allgemein geachtet. Wunder wie viele Unglücksfälle hatte »er« durch seine Wachsamkeit verhütet. Sein Bub gerät ihm nach, ist wirklich schon jetzt der ganze Vater. Sie zog den Jungen an sich, gab ihm einen schallenden Kuß und fuhr mit allen fünf Fingern durch seinen zerzausten Schopf. Ein rührender Ausdruck von Zärtlichkeit milderte und verschönerte die harten Züge ihres sonnverbrannten Gesichts, während sie ihrem Kinde diese derben Liebkosungen erteilte.

»Heute ist ein rechter Sonntag«, sagte Lotti zu ihr, »heute habe ich zwei glückliche Ehepaare gesehen.«

Die Frau blickte sie befremdet an.

»Und Sie? ... Sind doch auch glücklich?«

»Ich bin auch glücklich.«

»So? und –« sie neigte den Kopf mit neugieriger Vertraulichkeit, »und was ist denn Ihr Herr?«

»Ich habe keinen; ich bin eine alte Jungfer.«

»So? ... eine alte Jungfer«, wiederholte die Frau, sichtlich erkaltet und enttäuscht. Und als der Mann nun ans Fenster klopfte, um der Reisenden zu bedeuten, daß es Zeit war aufzubrechen, stach der gleichgültige Abschied, den die Wirtin von ihrem Gaste nahm, von deren früherer Freundlichkeit merklich ab. Sie hätte sich nicht anders benehmen können, wenn sie mit einem Male von Reue ergriffen worden wäre über ein übel angebrachtes Vertrauen.

Lächelnd über den Mißkredit, in welchen sie plötzlich bei ihrer neuen Freundin geraten, stieg Lotti in den Waggon.

Nur noch ein Platz war in demselben frei, und sie nahm ihn ein, zum offenbaren Verdruß einer geschlossenen Gesellschaft, die das Coupé besetzt hatte. Diese, ein übermütiges Völkchen, ließ sich, nachdem ihr erster Unwillen über den Eindringling verraucht war, in ihrer Unterhaltung nicht stören. Lotti verbrachte zwei unangenehme Stunden in dem lauten und lustigen Kreise. Ein Gefühl der Vereinsamung ergriff sie, das wegzuspotten sie sich vergeblich bemühte.

Endlich brauste die Lokomotive in den Bahnhof, und das erste, was Lotti erblickte, war Gottfrieds lange Gestalt. Er stand an die Mauer gelehnt – ein Bild der Hoffnungslosigkeit – starrte die Leute an, die dem Zuge entstiegen, und: Sie kommt nicht! Sie kommt nicht! klagte es in seinem Herzen.

Aber nun fuhr er zusammen ... Sie war da – ihre Hand lag auf seinem Arme.

»Das hätt ich nicht gedacht ... daß sie dich fortlassen ... daß du ihnen widerstehen kannst.«

Wie ein Verzückter blickte er sie an. »Ich hab einen Wagen.«

Nein, für den dankte sie; sie war froh, dem Waggon entronnen zu sein, wollte zu Fuß mit Gottfried nach Hause gehen und ihm unterwegs ihre Erlebnisse erzählen.

Also geschah es. Er hörte ihr mit äußerster Spannung zu und ging schweigend neben ihr her. Erst als sie von der Empfindung der Überflüssigkeit sprach, von der sie beim Anblick Halwigs und seiner Frau überkommen worden, bot er ihr plötzlich seinen Arm und drückte den ihren fest an sich.

»Hier bedarf man deiner«, sagte er. »Du warst dir dort zuviel, ich – war mir hier zuwenig.«

Die letzten Worte sollten in scherzhaftem Tone gesprochen sein, kamen aber sehr wehmütig heraus.

»Und was hast du getan den ganzen langen Tag?« fragte Lotti.

Gottfried räusperte sich: »Hm – gewartet.«

»Sonst nichts?«

»Oh, es war genug! Ich weiß keine schwerere Arbeit.«

Er ergriff ihre Hand, und sie wurde ihm nicht entzogen; darüber geriet er in eine Begeisterung, die zu schildern keine noch so hinreißende Beredsamkeit imstande gewesen wäre. Die seine beschränkte sich auf den leisen Ausruf: »Liebe Lotti!«

Der Druck seiner Hand wurde erwidert, und »Guter Gottfried!« sprach sie, die er im Herzen trug von seiner Jugend und von ihrer Kindheit an.

Ein Schauer der Wonne durchrieselte ihn. Wär's denkbar? Wär's möglich? ... Sollte er am Ende doch noch das Ziel und den Inbegriff aller seiner Wünsche erreichen? ...

Ja, ja, antworteten die milden Augen, in die er fragend blickte, und der Mund, den er liebte, sprach: »Guter Gottfried, nicht erst seit heute weiß ich, daß du mir das Liebste auf der Welt bist.«

Da hätte er beinahe laut aufgejauchzt. Es war ein Glück, daß sie vor Lottis Hause angelangt waren. Getreulich und jahrelang hatte er das Geheimnis seiner tiefsten Sehnsucht in sich verschlossen, der Jubel wollte ihm die Brust zersprengen. Ein seliger Mann, faßte er seine Braut in seine Arme, und sie mußte abwehren, sonst hätte er sie wahrhaftig die Treppe hinaufgetragen. Oben angelangt, stürmte er derart an der Glocke, daß Agnes in voller Empörung herbeieilte: »Wie kann man so anreißen?« rief die Alte.

»Ihretwegen, Agnes!« antwortete er, »ich kann es nicht erwarten, Ihnen zu sagen – Sie sind die erste, die's erfährt ... Sehen Sie uns an! Wir sind Brautleute!«

In aller Stille wurde einige Wochen später der Bund geschlossen, der Gottfried und Lotti für immer vereinigte. Mitten im lärmenden Treiben der Stadt spann sich ihr Dasein im seligen Frieden ab. Eine kaum noch erhoffte Erhöhung ihres Glückes wurde ihnen zuteil, als nach zwei Jahren, an einem Spätsommerabend, ein kleiner Johannes Feßler gerade in dem Augenblick das Licht der Welt begrüßte, in welchem draußen die Sonne wunderbar schön unterging und im Zimmer die goldene Spieluhr, zum siebenzehnten Male an dem Tage, ihr Schäferliedchen anstimmte.

Seltsam ergriff es die Eheleute, als sie später erfuhren, daß es auch derselbe Tag gewesen, an dem Villa Halwig neuerdings ihren Besitzer gewechselt. Das Reich Hermanns hatte kurze Dauer gehabt. Er und Agathe waren bald aus dem süßen Hindämmern erwacht, in das die Befreiung von ihren Sorgen sie versetzt hatte. Sie, gewöhnt an das rege Treiben ihres großen Familienkreises auf dem Lande, begann sich zu langweilen allein mit ihrem Manne. Und auch ihm verlangte, und vielleicht noch heißer, nach Zerstreuung. Er wollte die Sehnsucht betäuben, die ihn in seiner Ruhe, seinem Behagen störte, die ihn bis in die Arme des geliebten Weibes verfolgte, die Sehnsucht nach den Qualen und Wonnen seiner Lohnschreibernächte, nach dem Fieber, das ihn durchraste, wenn er seine Romanfiguren schuf, sie leiden, sündigen, in Blut und in Schlamm waten ließ, und den Zauber erfuhr, mit dem sie ihn umstrickten. Dazu die hastende Eile, in welcher ihr Schicksal gewoben und ihr Verhängnis erfüllt werden mußte; die Angst vor dem Mißlingen, und dann wieder die Glückseligkeit, wenn das Unerwartete geschah, wenn die Gestalten, die ihm unter der Hand lebendig geworden, zuletzt durch eigene Kraft einen Abschluß herbeiführten, kühner als er ihn geahnt hatte. Halwig erfuhr, daß wer solche Aufregungen kennengelernt, sie nicht mehr missen kann und nach ihnen zurückverlangt, und wär's aus dem Himmel. So sandte er dem schwindenden, mit Hilfe Agathens und ihrer Brüder rasch aufgezehrten Wohlstand kaum einen Gedanken des Bedauerns nach. Zur Zeit, in welcher das Gut verkauft werden mußte, machte die Gesundheit Agathens einen Aufenthalt an der See notwendig. Hermann ließ sie allein zu ihren Eltern ziehen und kehrte zu den seligen Bitternissen seiner Schriftstellerei zurück. Die Früchte, die sie lieferte, wurden noch immer in gewissen Leserkreisen verschlungen, dem Advokaten Schweitzer jedoch sagten sie nicht zu, und er sprach einmal zu Lotti: »Ich mache mir Vorwürfe. Das Opfer, zu dem ich Sie verleitet habe, war umsonst gebracht.«

Aber Lotti erwiderte: »Nicht umsonst.«

Ihr Mann blickte sie lächelnd an: »Ohne meine Entrüstung über dieses Opfer«, sagte er, »wüßte sie vielleicht heute noch nicht, daß der Gottfried auch einmal etwas für sich wollen konnte.«

Anhang

Editorische Notiz

Der Text folgt der Edition:

Marie von Ebner-Eschenbach: Lotti, die Uhrmacherin. In: M. v. E.-E.: Kleine Romane. Nach dem Text der ersten Gesamtausgabe, Berlin 1893. Hrsg. und mit einem Nachw. vers. von Johannes Klein. München: Winkler, 1957. S. 852–947.

An einigen Stellen wurde in diese Edition eingegriffen, um den Text nach der ersten Gesamtausgabe (Berlin: Paetel, 1893, Bd. 3, S. 1–172) richtigzustellen.

Der Erstdruck der Erzählung in einer frühen, von Marie von Ebner-Eschenbach für die erste Buchausgabe (*Neue Erzählungen*, Berlin: Ebhardt, 1881, S. 173–315) stark überarbeiteten Fassung erfolgte in der *Deutschen Rundschau* ([Jg. 6], 1880, Bd. 22, S. 313–354; Bd. 23, S. 1–41).

Anmerkungen

7,3 *Repetieruhr:* Taschenuhr mit Schlagwerk, das bei Druck auf einen Knopf die letzte volle Stunde und die seitdem abgelaufenen Viertelstunden anzeigt.

7,7 *Stockuhr:* Stutzuhr, auf eine Konsole zu stellende Pendeluhr mit kurzem Pendel.

8,14 *Knauer:* Mauritius Knauer (1613–1664), Abt der Zisterzienserabtei Langheim bei Lichtenfels, Rechtsgelehrter, Naturwissenschaftler, erstellte den sog. Hundertjährigen Kalender.

8,15 *Chaldäer:* Die Chaldäer waren eine aramäische Stammesgruppe und seit etwa 1000 v. Chr. in Chaldäa ansässig. Sie pflegten besonders Astronomie und Astrologie.

8,29 f. *Beletage:* ›prächtiges Stockwerk‹, Hauptgeschoß, erster Stock.

9,28 *Horatier:* altröm. Patriziergeschlecht um 500 v. Chr. Nach der Sage sollen drei Horatier, Drillingsbrüder, durch ihren Sieg über die Curiatier, ebenfalls Drillinge, Rom die Herrschaft über Alba Longa gebracht haben.

10,9 *Biais:* (frz.) schräg geschnittener Stoff, Schrägstreifen.

11,28 *Durchhause:* Haus mit Durchgang oder -fahrt.

12,29 *Fauteuil:* (frz.) bequemer Polstersessel mit Armlehnen.

13,14 *Saffian:* feines, weiches Ziegenleder.

13,16 f. *Mémoires du Maréchal de Bassompierre:* Gemeint sind die Lebenserinnerungen des frz. Marschalls François de B. (1579–1646), die 1665 in Köln erschienen.

13,17 *Goethes Benvenuto Cellini:* Goethe veröffentlichte 1803 seine Übersetzung der Autobiographie des ital. Bildhauers und Goldschmieds Benvenuto Cellini (1500–1571), eines der bedeutendsten Werke der ital. Literatur.

13,18 *Dom Jacques Martins Histoire des Gaules:* Das von Jacques Martin (1684–1751) begonnene und von Jean-François de Brezillac fortgeführte Geschichtswerk über die Gallier und die Entstehung der frz. Monarchie, *Histoire des Gaules, et des conquêtes des Gaulois* [. . .], erschien 1752–54 in Paris.

13,19 *Inkunabel:* Druckerzeugnis aus der Frühzeit des Buchdrucks; Wiegendruck.

13,19 f. *Unser lieben frawen psalter:* mhd., ›Unsrer lieben Frau(en)

Psalter‹; Marienpsalter, d. h. Marienlobgedichte in dreimal 50 Strophen nach dem Muster der biblischen Psalmen.

13,21 *In dé iar als man zelet:* ›In dem Jahr als man zählt‹.

13,21 f. *Gibbons Geschichte des Verfalles des römischen Reiches:* Das sechsbändige Opus *History of the Decline and Fall of the Roman Empire* (London 1776–88) des engl. Historikers Edward G. (1737–1794) gehörte zu den Standardwerken europ. Geschichtsschreibung und erlebte mehrere Übersetzungen ins Deutsche.

13,23 *Quintus Fixlein:* Der genaue Titel des Romans von Jean Paul (1763–1825) aus dem Jahre 1796 lautet: *Leben des Quintus Fixlein, aus funfzehn Zettelkästen gezogen; nebst einem Musstheil und einigen Jus de tablette.*

13,23 f. *Krummachers Parabeln:* Friedrich Adolf Krummacher (1767–1845) war Professor und Schriftsteller. Seine *Parabeln* erschienen im Jahre 1805 in Wien.

13,24 f. *Annalen des Tacitus:* Das sechzehnbändige Alterswerk des röm. Geschichtsschreibers Publius Cornelius T. (um 55–nach 116 n. Chr.) umfaßt die Geschichte des Römischen Reichs vom Tod des Augustus (14 n. Chr.) bis zum Tod Neros (68 n. Chr.).

13,25 *Lessings Laokoon: Laokoon: oder über die Grenzen der Mahlerey und Poesie* (Berlin 1766) eine der wichtigsten theoretischen Schriften von Gotthold Ephraim L. (1729–1781).

13,26 f. *Der Barometermacher auf der Zauberinsel:* eine Zauberposse von Ferdinand Raimund (1790–1836) aus dem Jahre 1823.

13,27 *Die Familie von Halden:* Titel eines Romans von August Heinrich Julius Lafontaine (1758–1831) aus dem Jahre 1797. Lafontaine war ein Modeautor, der über 160 Bände mit Romanen und Erzählungen schrieb.

13,27 f. *Prinz von Gotland:* bezieht sich wahrscheinlich auf das Drama *Herzog Theodor von Gotland* (1827) von Christian Dietrich Grabbe (1801–1836).

13,28 *Bramarbas:* Aufschneider, Großsprecher.

13,29 *Pascal:* Gemeint ist der frz. Religionsphilosoph, Mathematiker und Physiker Blaise P. (1623–1682).

13,33 *Hieronymus Cardani (1557):* eigtl. Geronimo Cardano (lat. Hieronymus Cardanus, 1501–1576), ital. Mathematiker, Arzt, Philosoph und Astronom, erfand die sog. kardanische Aufhängung für Uhren, Kompasse u. a. Ebner-Eschenbach bezieht sich wahrscheinlich auf sein 1557 in Basel erschienenes Werk *De rerum varietate*.

13,34 *M. L. Moinets Traité général d'Horlogerie:* Gemeint ist Louis Monets Schrift *Nouveau Traité general Astronomique et Civil d'Horlogerie, Théorie et Pratique* (Paris 1843) über die Uhrmacherkunst.

14,32 *Randglossen:* Randbemerkungen.

15,8 f. *Kaiser Rudolfs von Habsburg:* Rudolf I. von Habsburg (reg. 1273–1291), Stammvater aller späteren Habsburger, baute die für die Dynastie so wichtige Hausmacht entscheidend aus.

15,12 *Goldenen Bulle:* Das Gesetz Kaiser Karls IV. aus dem Jahr 1356 war das wichtigste Reichsverfassungsgesetz und galt bis zur Auflösung des Reiches im Jahr 1806.

15,15 *Eduard III.:* Der engl. König Eduard III. (reg. 1327–1377) löste durch seine Erbansprüche auf den frz. Thron den Hundertjährigen Krieg aus. 1360 (nicht erst 1368) verzichtete er im engl.-frz. Frieden von Brétigny auf seinen Anspruch.

15,19 f. *König Karls V., der Weise:* frz. König (reg. 1364–1380). Er vertrieb die Engländer von den meisten ihrer frz. Besitzungen und befriedete das Land.

15,21 f. *Gleichnamige große deutsche Kaiser:* König von Spanien (1516–1556), röm. König (1519–1556), als Karl V. röm.-dt. Kaiser (1530–1556).

15,27 f. *Charles le Quint, Roi de France. Me fit par Jean Jouvence:* ›Karl V., König von Frankreich ließ mich von Jean Jouvence machen‹.

16,3 *Peter Hele:* eigentlich Peter Henlein (um 1480–1542), erfand die Unruh (den Gangregler bei einer Uhr) und baute als erster um 1510 Taschenuhren in Dosenform, auch »Sackuhren« genannt.

16,5 f. *Im Jahre des Untergangs der Spanischen Armada:* Die Armada, die große spanische Flotte, wurde 1588 im Kampf Philipps II. von Spanien gegen Elisabeth I. von England vernichtend geschlagen.

16,11 *Siege Luxemburgs, Catinats und Tourvilles:* François-Henri de Montmorency-Bouteville, Duc de Luxemburg (1628–1695), Marschall von Frankreich, schlug im Pfälzischen Erbfolgekrieg 1690 das dt.-niederl. Heer bei Fleurus. Nicolas de Catinat (1637–1712), Marschall von Frankreich, besiegte 1690 die Österreicher bei Staffarda (Italien) und eroberte damit den größten Teil Piemonts. Annas Hilarien de Cotentin, Comte de Tourville (1642–1701), frz. Admiral, besiegte 1690 die engl.-niederl. Flotte bei Beachy Head nahe der Isle of Wight.

16,26 *Asthon Levers:* Sir Asthon Lever (1729–1788), berühmter engl. Sammler.

17,31 *Mühmchen:* Koseform von ›Muhme‹, urspr. ›Schwester der Mutter‹, veraltet für ›Tante‹.

18,19 *Harrison:* John Harrison (1693–1776), engl. Uhrmacher, baute u. a. Pendeluhren. Er erfand das Rostpendel (= Kompensation).

18,20 *Mudge:* Thomas Mudge (1715–1794), engl. Uhrmacher; Erfinder der freien Ankerhemmung für tragbare Kleinuhren.

19,13 *Kompensationsunruhe:* eine Art Unruh, d. h. Gangregler bei einer Uhr.

22,7 *»lebendige Nürnberger Eier«:* Nürnberger Eier sind eiförmige Taschenuhren mit Federwerk. Sie wurden im 16. Jahrhundert in Nürnberg hergestellt.

22,8 *»Halsvrln«:* ›Halsuhrlein‹.

22,24 *Spindelechappements:* Das Echappement (von frz. *échappement* ›Hemmung‹) ist der Träger für ein Schwingsystem.

22,24 *Löffelunruhen:* Unruh der mit Spindelhemmung versehenen Sackuhren und Halsuhren des 16. Jahrhunderts.

22,27 *Schnecke:* zur Erreichung eines gleichbleibenden Drehmoments bei Uhren mit Antriebsfeder verwendete Einrichtung.

23,20 f. *»Stadtphyr«, »Wardein- und Wichszeichen«:* bezieht sich wahrscheinlich auf das Stadtwappen Augsburgs.

23,32 f. *Stellungsrade:* Die Stellung ist die Ablauf- und Aufzugbegrenzung an Uhren mit Federantrieb, eine Vorrichtung, die eine Begrenzung der Umdrehungen der Antriebsfeder beim Aufzug und Ablauf bewirkt.

25,7 *Ruderas:* Gen. von ›Rudera‹ (lat. *rudera*, Pl. von *rudus* ›Schutt‹), veraltet für ›Überreste, Bruchstücke, Trümmer‹.

25,13 *Majoratsuhr:* nach dem Ältestenrecht vererbte Uhr.

25,23 *Kloben:* Haken.

29,28 *Kuvette:* Innendeckel der Taschenuhr.

33,26 *Guineen:* (engl. *guinea*), frühere engl. Goldmünze.

44,20 f. *›Le Paute‹:* eigtl. Lepaute, der Name einer berühmten frz. Uhrmacherfamilie. Jean-André Lepaute (1720–1787) veröffentlichte 1755 in Paris das Buch *Traité d'horlogerie*, das zu einem Standardwerk der Uhrmacherkunst wurde.

55,18 *Fauteuil:* s. Anm. zu 12,29.

59,27 f. *Vogel der Minerva:* die Eule. Minerva ist die röm. Göttin des Handwerks, der Weisheit und der schönen Künste.

64,28 *Maquignons:* Gen. von frz. *maquinon* ›Roßtäuscher, Pferdehändler‹.
67,25 *»grande anglaise«:* (frz.) eine engl. Schreibart.
68,16 *Ylang-Ylang:* ein Baum in Süd- und Südostasien; das fruchtig-blumig riechende Öl dieses Baumes wird in der Parfümindustrie verwendet.
74,12 *Horatier:* s. Anm. zu 9,28.
75,22 *Majoliken:* Pl. von ›Majolika‹ (ital. *maiolica*, nach ›Majorica‹, dem spätlat. Namen Mallorcas), Töpferware mit Zinnglasur.
75,25 *Pagoden:* Pl. von ›Pagode‹; kleines ostasiatisches Götterbild (bes. in der Form einer sitzenden Porzellanfigur mit nickendem Kopf und beweglichen Händen).
75,27 *vieux laque:* alte – oftmals imitierte – asiatische Lackarbeit, die im ausgehenden 19. Jahrhundert bei Adel und Großbürgertum sehr beliebt war.
75,32 f. *Chaiselongue:* (frz.) eigtl. ›langer Stuhl‹, gepolsterte Liege mit Kopflehne.
76,29 *Cäcilie von Albano:* ein Porträt der hl. Cäcilia von dem ital. Maler Francesco Albani (oder Albano, 1578–1660); Cäcilia ist eine röm. Märtyrerin, seit dem 15. Jh. Patronin der Kirchenmusik.
77,16 *Arras mit kühnem Schopf:* ein Papagei der grünen Gattung Ara, der in den Urwäldern Amerikas lebt.
77,17 *Voliere:* von frz. *volière*, großer Vogelkäfig, in dem die Vögel fliegen können.
78,2 *Etageren:* von frz. *étagère*, (veraltet) Bücher-, Wandgestell, Glasschrank.
78,4 *Tschibuks:* Der Tschibuk ist eine irdene, lange türkische Tabakspfeife mit kleinem Kopf.
78,12 *Flügel des Trauermantels:* Der Trauermantel ist ein Tagschmetterling mit samtig braunschwarzen, gelb oder weiß geränderten Flügeln.
79,31 *Perroquet:* (frz.) ›Papagei‹.
85,32 *Valet:* (lat.) ›Lebewohl‹, veralteter, noch scherzhaft gebrauchter Abschiedsgruß: ›jmdm. ein V. zurufen‹.
89,9 *relationieren:* von lat. *relatio* ›Bericht, Berichterstattung‹.
89,15 *intabuliert:* ›eingetragen (in eine Tabelle)‹ (von lat. *in* ›in ... ‹ und *tabula* ›Tafel‹).
92,14 *Remontoir:* (frz.) Aufziehvorrichtung. Taschenuhr mit Krone.
96,26 *Chartreuse:* nach dem gleichnamigen Mutterkloster des Kar-

täuserordens in der Dauphiné (Frankreich); von Kartäusermönchen hergestellter Kräuterlikör.

98,22 *Pegasus:* geflügeltes Pferd der griech. Sage, Sinnbild der Dichtkunst, Dichterroß.

106,14 *Nibelungenhortes:* Goldschatz in der germ. Nibelungensage.

111,32 *Sabinermutter:* nach der von Livius überlieferten Sage vom Raub der Sabinerinnen, der zufolge im neugegründeten Rom zu einem Festspiel die Römer, weil sie keine Frauen hatten, die als Gäste anwesenden Frauen der Sabiner raubten.

112,2 *Claquehut:* von frz. *Chapeau claque* ›Klappzylinder‹.

115,34 *Stutzen:* Jagdgewehr mit kurzem Lauf.

116,1 *Wilhelm Tell:* Held der bekanntesten Schweizer Sage und des gleichnamigen Dramas von Friedrich Schiller (1804). Tell wird vom habsburgischen Landvogt Geßler gezwungen, einen Apfel vom Kopf des eigenen Sohnes zu schießen. Der Schuß gelingt.

118,25 *Kassandra:* nach der Seherin Kassandra in der griech. Sage; Mensch, der gegenüber etwas Bevorstehendem eine pessimistische Grundhaltung zeigt und davor warnt.

123,6 *Ficus:* (lat.) Feigenbaum.

123,6 *Daphnen:* von griech. *daphne* ›Lorbeer‹; Lorbeerbaum, Seidelbast.

123,7 *nordischen Riesen:* hier Fichten.

123,8 *Araucarien:* Die Araukarie ist ein auf der Südhalbkugel vorkommender Baum mit schuppen- bis nadelförmigen Blättern und quirlig stehenden Ästen.

125,24 *Honigwochen: Flitterwochen.*

126,17 f. *Horatier:* s. Anm. zu 9,28.

Bibliographische Hinweise

Ausgaben

Neue Erzählungen. Berlin: Ebhardt, 1881. [*Lotti, die Uhrmacherin* S. 173–315; erste Buchveröffentlichung.]

Lotti, die Uhrmacherin. Erzählung. Berlin: Paetel, 1889. [Unvollst.] – 7. Aufl. ebd. 1907.

Gesammelte Schriften. 6 Bde. Berlin: Paetel, 1893. [*Lotti, die Uhrmacherin* in Bd. 3, S. 1–172.]

Lotti, die Uhrmacherin. Hrsg. und mit einer Einl. vers. von George Henry Needler. New York: Henry Holt, 1908.

Sämtliche Werke. 6 Bde. Berlin: Paetel, 1920. [*Lotti, die Uhrmacherin* in Bd. 3, S. 1–123.]

Ausgewählte Schriften. 3 Bde. Berlin: Paetel, 1922. [*Lotti, die Uhrmacherin* in Bd. 2, S. 5–122.]

Sämtliche Werke. Hafis Ausgabe. 12 Bde. Leipzig: Fikentscher [u. a.], 1928. [*Lotti, die Uhrmacherin* in Bd. 8, S. 7–131.]

Kleine Romane. Hrsg. und mit einem Nachw. vers. von Johannes Klein. München: Winkler, 1957. [*Lotti, die Uhrmacherin* S. 852–947.]

Gesammelte Werke. Hrsg. und mit einem Nachw. vers. von Edgar Gross. 9 Bde. München: Nymphenburger Verlagsbuchhandlung, 1961. [*Lotti, die Uhrmacherin* in Bd. 5, S. 5–150.]

Weitere Ausgaben

Letzte Worte. Aus dem Nachlaß. Hrsg. von Helene Bucher. Wien: Rikola, 1923.

Das Gemeindekind, Novellen, Aphorismen. Hrsg. und mit einem Nachw. vers. von Johannes Klein. München: Winkler, 1956.

Erzählungen, Autobiographische Schriften. Hrsg. und mit einem Nachw. vers. von Johannes Klein. Ebd. 1958.

Kritische Texte und Deutungen. Hrsg. von Karl Konrad Polheim. Bonn: Bouvier, 1978–83. – Tübingen: Niemeyer, 1989 ff.

– Bd. 1: Unsühnbar. Krit. hrsg. und gedeutet von Burkhard Bittrich. Bonn: Bouvier, 1978.

– Bd. 2: Božena. Krit. hrsg. und gedeutet von Kurt Binneberg. Ebd. 1980.
– Bd. 3: Das Gemeindekind. Krit. hrsg. und gedeutet von Rainer Baasner. Ebd. 1983.
– Bd. 4: Autobiographische Schriften. Meine Kinderjahre. Aus meinen Kinder- und Lehrjahren. Krit. hrsg. und gedeutet von Christa-Maria Schmidt. 1989.
– Tagebücher. Bd. 1: 1862–1869: Krit. hrsg. und komm. von Karl Konrad Polheim unter Mitw. von Rainer Baasner. 1989.
– Tagebücher. Bd. 2: 1871–1878. Krit. hrsg. und komm. von Karl Konrad Polheim unter Mitw. von Markus Jagsch, Claus Pias und Georg Reichard. 1991.
– Tagebücher. Bd. 3: 1879–1889. Krit. hrsg. und komm. von Karl Konrad Polheim und Norbert Gabriel unter Mitw. von Markus Jagsch und Claus Pias. 1993.
– Tagebücher. Bd. 4: 1890–1897. Krit. hrsg. und komm. von Karl Konrad Polheim und Norbert Gabriel unter Mitw. von Markus Jagsch. 1995.
– Tagebücher. Bd. 5: 1898–1905. Krit. hrsg. und komm. von Karl Konrad Polheim und Norbert Gabriel. 1996.
– Tagebücher. Bd. 6: 1906–1916. Krit. hrsg. und komm. von Karl Konrad Polheim und Norbert Gabriel. 1997.
Aphorismen. Nachw. von Ingrid Cella. Stuttgart: Reclam, 1988. (Universal-Bibliothek. 8455.)

Darstellungen

Gesamtdarstellungen

Alkemade, Mechthild: Die Lebens- und Weltanschauung der Freifrau Marie von Ebner-Eschenbach. Graz 1935.
Benesch, Kurt: Die Frau mit den hundert Schicksalen. Wien 1966.
Bettelheim, Anton: Marie von Ebner-Eschenbach. Biographische Blätter. Berlin 1900.
– Marie von Ebner-Eschenbach's Wirken und Vermächtnis. Leipzig 1920.
Bramkamp, Agatha C.: Marie von Ebner-Eschenbach. The Author, Her Time and Her Critics. Bonn 1990.
Doyle, M. Rosa: Catholic Atmosphere in Marie von Ebner-Eschen-

bach: Its Use as a Literary Device. Washington 1936. – Nachdr. New York 1970.
Fink, Heidelinde: Studien zur Ethik Marie von Ebner-Eschenbachs. Entsagung, Resignation und Opfer in den Erzählungen der Dichterin. Diss. Graz 1964.
Fischer, Erika: Soziologie Mährens in der zweiten Hälfte des 19. Jahrhunderts als Hintergrund der Werke Marie von Ebner-Eschenbachs. Leipzig 1939.
Gerber, Gertrud: Wesen und Wandlung der Frau in den Erzählungen Marie von Ebner-Eschenbachs. Diss. Göttingen 1945.
Geserick, Ingeborg: Gesellschaftskritik und -erziehung im Werk der Marie von Ebner-Eschenbach. Diss. Potsdam 1955.
Grundner, Maria: Marie von Ebner-Eschenbach. Wechselbeziehung zwischen Leben, Werk und Umwelt der Dichterin. Diss. Graz 1971.
Hofmann, Marie: Schloß und Dorf in der Dichtung der Marie von Ebner-Eschenbach. Wien 1941.
Hog, Renaldis: Marie von Ebner-Eschenbach als Kennerin der Kinder- und Jugendpsyche. 1926.
Horner, Emil: Marie von Ebner-Eschenbach und Julius Rodenberg. Leipzig 1900.
Kayser, Brigitte: Möglichkeiten und Grenzen individueller Freiheit. Eine Untersuchung zum Werke Marie von Ebner-Eschenbachs. Diss. Frankfurt a. M. 1974.
Klostermaier, Doris M.: Marie von Ebner-Eschenbach. The Victory of a Tenacious Will. Riverside (CA) 1997.
Loewenberg, Jakob: Ebner-Eschenbach. Hamburg 1903.
Mühlberger, Josef: Marie von Ebner-Eschenbach. Kassel 1930.
– Marie von Ebner-Eschenbach. Eine Studie. Eger 1930.
Necker, Moritz: Marie von Ebner-Eschenbach. Nach ihren Werken geschildert. Leipzig 1900.
O'Connor, Eileen M.: Marie Ebner. London 1928.
Offergeld, Käthe: Marie von Ebner-Eschenbach. Untersuchungen über ihre Erzähltechnik. Münster 1917.
Polheim, Karl Konrad (Hrsg.): Marie von Ebner-Eschenbach. Ein Bonner Symposion zu ihrem 75. Todesjahr. Bern 1994.
Radke, Maria-Franziska: Das Tragische in den Erzählungen von Marie von Ebner-Eschenbach. Marburg 1918.
Reuter, Gabriele: Ebner-Eschenbach. Berlin 1904.
Rieman, Else: Zur Psychologie und Ethik der Marie von Ebner-Eschenbach. Hamburg 1913.

Rose, Ferrell V.: The Guises of Modesty. Marie von Ebner-Eschenbach's Female Artists. Columbia (SC) 1994.

Rossbacher, Karlheinz: Literatur und Liberalismus. Zur Kultur der Ringstraßenzeit in Wien. Wien 1992.

Siegel, Dora: Österreichs Dichterfürstin Marie von Ebner-Eschenbach. Prag 1917.

Steiner, Carl: Of Reason and Love. The Life and Works of Marie von Ebner-Eschenbach. Riverside (CA) 1994.

Strelka, Joseph P. (Hrsg.): Des Mitleids tiefe Liebesfähigkeit. Zum Werk der Marie von Ebner-Eschenbach. New York 1997.

Tanzer, Ulrike: Frauenbilder im Werk Marie von Ebner-Eschenbachs. Stuttgart 1997.

Toegel, Edith: Marie von Ebner-Eschenbach. Leben und Werk. New York 1997.

Unterholzner, Alexandra: Marie von Ebner-Eschenbach. Eine Analyse der Form und der Rezeption ihres Werkes. Diss. Innsbruck 1978.

Wintersteiner, Marianne: »Ein kleines Lied, wie fängt's nur an«. Das Leben der Marie von Ebner-Eschenbach. Heilbronn 1989.

Einzeluntersuchungen

Aichinger, Ingrid: Harmonisierung oder Skepsis? Zum Prosawerk der Marie von Ebner-Eschenbach. In: Österreich in Geschichte und Literatur 16 (1972) Nr. 9. S. 483–495.

Bäumer, Gertrud: Stille Weisheit. Marie von Ebner-Eschenbach und Luise von François. In: G. B.: Gestalt und Wandel. Frauenbildnisse. Berlin 1939.

Brandt, Helmut: Marie von Ebner-Eschenbach und die *Deutsche Rundschau*. In: Die österreichische Literatur. Eine Dokumentation ihrer literarhistorischen Entwicklung. Hrsg. von Herbert Zeman. [Bd. 4:] Ihr Profil von der Jahrhundertwende bis zur Gegenwart (1880–1980). Tl. 2. Graz 1989. S. 1001–15.

Endres, Elisabeth: Marie von Ebner-Eschenbach. In: Frauen. Porträts aus zwei Jahrhunderten. Hrsg. von Hans Jürgen Schultz. Stuttgart 1981. S. 114–126.

Fischer, Erika: Marie von Ebner-Eschenbach und ihr Verhältnis zur Frauenfrage. In: Die Frau 46 (1938/39) S. 343–349.

Harriman, Helga H.: Marie von Ebner-Eschenbach in Feminist Perspective. In: Modern Austrian Literature 18 (1985) H.1. S. 27–38.

Klemperer, Viktor: Marie von Ebner-Eschenbach und ihre Frauengestalten. In: Die Frau 17 (1910) S. 711–719.

Lloyd, Danuta S.: Dorf und Schloß. The Socio-Political Image of Austria as Reflected in Marie von Ebner-Eschenbach's Works. In: Modern Austrian Literature 12 (1979) Nr. 3/4. S. 25–44.

Mieder, Wolfgang: »Ausnahmen können auch die Vorboten einer neuen Regel sein«: Marie von Ebner-Eschenbach's Proverbial Aphorisms. In: Modern Austrian Literature 26 (1993) Nr. 1. S. 105–114.

Necker, Moritz: Marie von Ebner-Eschenbach. Ein literarisches Charakterbild. In: Deutsche Rundschau 64 (Sept. 1890) S. 338–357.

Pfeiffer, Peter C.: Geschichte, Leidenspathos, feminine Subjektivität: Marie von Ebner-Eschenbachs Autobiographie *Meine Kinderjahre*. In: Monatshefte 87 (1995) S. 68–81.

Polheim, Karl Konrad: Textkritik und Interpretation. Marie von Ebner-Eschenbach und Ferdinand von Saar in wissenschaftlichen Einzelausgaben. In: Sprachkunst 7 (1976) S. 127–135.

Surynt, Izabela: Lotti Feßler – eine Charakterstudie. Zum Frauenbild im Werk Marie von Ebner-Eschenbachs am Beispiel der Erzählung *Lotti, die Uhrmacherin*. In: Convivium. Germanistisches Jahrbuch Polen (1994) S. 27–47.

Toegel, Edith: Daughters and Fathers in Marie von Ebner-Eschenbach's Works. In: Oxford German Studies 20/21 (1991/92) S. 125–136.

– »Entsagungsmut« in Marie von Ebner-Eschenbach's Works. A Female-Male Perspective. In: Forum for Modern Language Studies 28 (1992 a) S. 140–149.

– Women in Conflict in Marie von Ebner-Eschenbach's Tales. In: Sexuality, the Female Gaze, and the Arts. Hrsg. von Ronald Ditterer und Susan Bowers. Selinsgrove 1992 b. S. 155–165.

Veselý, Jiří: Tagebücher legen Zeugnis ab. Unbekannte Tagebücher der Marie von Ebner-Eschenbach. In: Österreich in Geschichte und Literatur 15 (1971) S. 211–241.

Vogelsang, Hans: Marie von Ebner-Eschenbach als Dichterin des Mitleids. In: Wort in der Zeit. Österreichische Literatur in Grundrissen 7 (1961) S. 58–61.

– Marie von Ebner-Eschenbachs Weltbild und Menschenideal. In: Österreich in Geschichte und Literatur 10 (1966) Nr. 3. S. 122–132.

Nachwort

I

Marie von Ebner-Eschenbach gehört zu den bedeutendsten Vertretern des österreichischen Spätrealismus. Zwar erreichte sie Anerkennung und Erfolg erst verhältnismäßig spät, aber dann war der Erfolg um so nachhaltiger. Gegen Ende des 19. Jahrhunderts galt sie »als die größte lebende Schriftstellerin des deutschen Sprachraums«[1] und wurde neben Annette von Droste-Hülshoff (1797–1848) und Ricarda Huch (1864–1947) als führende deutschsprachige Autorin angesehen. Sie behauptete diesen Rang Jahrzehnte hindurch. Allerdings wurde von ihr ein eher harmonisches Bild tradiert, denn sie galt als Dichterin der Güte, des Mitleids und der sozialen Anteilnahme. In der Folgezeit fehlt dann ihr Name – wie der anderer Autorinnen – in literarhistorischen Werken zum 19. Jahrhundert und zur Jahrhundertwende, oder es wurde auf diese Autorinnen bestenfalls summarisch verwiesen, wie Koopmann in einem Überblick herausstellt und moniert.[2] Dabei hat Ebner-Eschenbach in mehreren bekannten Periodika – einschließlich der namhaften *Deutschen Rundschau* – veröffentlicht, in der ja auch *Lotti, die Uhrmacherin* erschien.

In den siebziger Jahren kam es dann zu einem neu erwachten Interesse an Ebner-Eschenbach. Das zeigt vor allem die von Karl Konrad Polheim begründete historisch-kritische Ausgabe unter dem Titel *Marie von Ebner-Eschenbach. Kritische Texte und Deutungen*, in deren Reihe bisher ausgewählte Dichtungen und die Tagebücher erschie-

1 Rossbacher (1992), S. 366.

2 Helmut Koopmann, »Spätherbst einer Gesellschaft. Soziale Erzählkunst in Marie von Ebner-Eschenbachs Novellen«, in: Polheim (Hrsg., 1994), S. 155–176, hier S. 155–158.

nen sind (siehe »Literaturhinweise«). Die Forschung der letzten Jahrzehnte hat also begonnen, das Bild von Ebner-Eschenbach zu korrigieren. Es wurde auf ihr waches politisches Bewußtsein, ihren psychologischen Scharfblick sowie die ideologie- und sozialkritischen Aspekte und die aufschlußreiche Darstellung dominierender Frauengestalten in ihrem Werk hingewiesen.[3] Man hat sich mit dem Stil und den Formen der künstlerischen Gestaltung in ihren Erzählungen auseinandergesetzt und sich auch mit der Kurzprosa, den Aphorismen und den Dramen beschäftigt.[4] Gerade in ihren Parabeln wird, wie Gabriel herausgearbeitet hat, »die kritische, skeptische, ironische, ja spöttische Marie von Ebner-Eschenbach sichtbar«.[5] In ihren Aphorismen, von denen einige schon als klassisch anzusehen sind, zeichnet sich Ebner-Eschenbach durch eine große Menschenkenntnis und Lebensweisheit aus. Nach Polheim gilt für Ebner-Eschenbach »Hofmannsthals Wort von der an der Oberfläche versteckten Tiefe«.[6] Zusammenfassend läßt sich also feststellen, daß wir heute eine differenziertere Sicht auf ihr Werk haben.

Ebner-Eschenbachs Œuvre wurde vom europäischen Realismus beeinflußt. Sie war mit den Werken dieser Epoche vertraut, stand mit Dichtern der Zeit wie Paul Heyse (1830–1914) in Verbindung oder war mit ihnen befreundet,

3 Aichinger (1972); Vogelsang (1966); Harriman (1985); Tanzer (1997), S. 1f.; Toegel (1992 a).

4 Eugen Thurner, »Die Poesie des Ungesagten. Zu Stil und Weltanschauung der Marie von Ebner-Eschenbach«, in: Polheim (Hrsg., 1994), S. 143–154; Norbert Gabriel, »Die Parabeln der Marie von Ebner-Eschenbach«, in: ebd., S. 123–142; Mieder (1993); Gerwin Marahrens, »Über den Werte-Kosmos der Aphorismen von Marie von Ebner-Eschenbach«, in: Strelka (Hrsg., 1997), S. 183–217; Georg Reichard, »Die Dramen Marie von Ebner-Eschenbachs auf den Bühnen des Wiener Burg- und Stadttheaters«, in: Polheim (Hrsg., 1994), S. 97–122; Edith Toegel, »The ›Leidensjahre‹ of Marie von Ebner-Eschenbach: Her Dramatic Works«, in: *German Life and Letters* 46 (1993), S. 107–119.

5 Gabriel (s. Anm. 4), S. 125.

6 Polheim (1976), S. 128.

wie z. B. mit Ferdinand von Saar (1833–1906). Aber mit keinem hat sie sich so eingehend beschäftigt wie mit dem russischen Dichter Iwan Sergejewitsch Turgenjew (1818–1883), mit dem sie auch einige Zeit korrespondierte. Ähnlich wie Turgenjew sieht Ebner-Eschenbach nach Bettelheim »›ihren Beruf darin, die Erscheinungen des wirklichen Lebens zu beobachten und durch ihre Phantasie gehen zu lassen, sich aber auf die Phantasie allein nicht zu stützen‹«.[7] Louise von François (1817–1893) gesteht Ebner-Eschenbach in einem Brief, daß diese mit ihrem »tiefen Seelenblick, der Weltkenntniß, der feinen Ironie« einiges mit François' Lieblingsautorin George Eliot (1819–1880) gemein habe und mit ihrer »formellen Beschränkung« sogar über diese hinausgehe.[8] Obwohl Ebner-Eschenbach im poetischen Realismus verwurzelt ist, greift sie in ihren Werken immer wieder auf Normen und Ideale einer früheren Zeit – wie Toleranz, Verständnis und Mitmenschlichkeit – zurück. Dadurch wirkt sie trotz ihrer Feinfühligkeit für die gesellschaftlichen und politischen Fragen der Zeit manchmal etwas altmodisch.[9] Vom Naturalismus grenzt sie sich eindeutig ab. Ebner-Eschenbach lebte und schrieb auch in einer Zeit, die von einem Bewußtsein des Kulturverfalls geprägt war. Aber das schlägt sich in ihrem Werk nicht, wie Koopmann betont, in »biologischen Deszendenzerscheinungen« nieder, sondern ist »im wesentlichen und vor allem sozialer Verfall, und dieser soziale Verfall äußert sich in den Mißverhältnissen zwischen dem Adel und der Welt der Domestiken und kleinen Angestellten, vor allem aber äußert er sich in dem, was zur engsten sozialen Umgebung des Menschen gehört: im Verfall der Familie«.[10]

Ebner-Eschenbach wurde sehr stark von ihrer Herkunft, ihrem Elternhaus und ihrer Erziehung beeinflußt. Erst spä-

7 Bettelheim (1900), S. 141.
8 Brief vom 6. März 1880, zit. nach: ebd., S. 115.
9 Vgl. vor allem Koopmann (s. Anm. 2), S. 175 f.
10 Ebd., S. 164 f.

ter kam sie zu emanzipatorischen Einsichten, die sie sich im Laufe ihres Lebens erarbeitete. Sie war eine geborene Freifrau. Ihr Vater, Baron Franz Dubsky, stammte aus tschechischem Uradel, ihre Mutter, Marie von Vockel, aus sächsischem Beamtenadel. Marie von Ebner-Eschenbach wurde am 13. September 1830 auf Schloß Zdislawitz in Mähren geboren, ihre Mutter starb nach der Geburt. Sie wuchs teils in Mähren und teils in Wien auf. Ebner-Eschenbach besaß einen großen Wissensdurst und war eine sehr eifrige Leserin. Auch die Umstände trugen dazu bei, daß sie eine bessere als die traditionelle sogenannte Komtessenausbildung erhalten hat, die sie später in ihren Werken immer wieder kritisiert. Besonders ihr fünfzehn Jahre älterer Cousin Moriz stand ihrem Bildungsdrang positiv gegenüber,[11] und er war es auch, der ihr zur deutschen Sprache als Medium ihrer dichterischen Versuche riet. 1848 heiratete Marie mit 18 Jahren den Freiherrn Moriz von Ebner-Eschenbach. Das kinderlose Paar stimmte nicht nur in seinen geistigen Interessen, sondern auch in einem kritischen Blick auf Mißstände in der Donaumonarchie überein.

Bereits in Marie von Ebner-Eschenbachs Erstlingswerk, der Briefsatire *Aus Franzensbad*, die 1858 anonym erschien, beweist sie ihren Scharfblick für gesellschaftliche Zustände. Und auch in den ersten und heiteren Gesellschaftsstücken zeigt sich ihre kritische Haltung. Jahrelang machte sie enttäuschende Erfahrungen mit den Theaterdirektoren und den Kritikern. Ihr erstes aufgeführtes Drama, *Maria Stuart in Schottland* (1860), kam nie in Wien auf die Bühne, sondern durch Eduard Devrient in Karlsruhe. Der Grund, warum dieses neoklassizistische Stück auf dem Burgtheater keine Chance hatte, liegt für Reichard in der dortigen »Abneigung gegenüber den zeitgenössischen Geschichtsdramen« und der »Bevorzugung der bürgerlichen Gesellschaftsstücke« durch Heinrich Laube, der seit 1851 künstle-

11 »Moriz« ist die Schreibweise in Ebner-Eschenbachs Tagebüchern.

rischer Direktor des Wiener Hof- und Nationaltheaters war, und an dem Publikum.[12] Nach den Aufführungen des Lustspiels *Die Veilchen* im Jahre 1863 und des Festspiels *Doktor Ritter* im Jahre 1869 wurde über einen Zeitraum von fast 30 Jahren auf dem Burgtheater kein Stück von Ebner-Eschenbach mehr gespielt. Ihre Dramen wurden immer wieder abgelehnt, und zwar entweder durch die Intendanten oder spätestens durch die Rezensenten, worunter Ebner-Eschenbach sehr litt. Obwohl Laube die Aufführung der Gesellschaftskomödie *Das Waldfräulein* am Wiener Stadttheater im Jahre 1873 als Erfolg ansah, rief es bei den Adligen Ärgernis hervor, denn Ebner-Eschenbach griff in dem Stück die Pervertierung und Korrumpierung alter aristokratischer Ideale in der herrschenden Adelsgesellschaft an. Man sah in den Adelskreisen Ebner-Eschenbach als dilettierende Komteß. Nur der Erfolg ihrer Stücke hätte ihr die Möglichkeit gegeben, auch den Widerstand der Verwandtschaft zu besänftigen. Sie kommentiert: »Wenn dieses Lustspiel gelänge u. einen guten Erfolg erringen würde hätten die Meinen vielleicht nichts mehr einzuwenden gegen die Ausübung meines Berufes. Das ist er ja doch.«[13] Noch jahrzehntelang versuchte die Verwandtschaft, der kinderlosen Tante das Schreiben als rufschädigend für die Familie darzustellen. Die gesellschaftliche Kritik am weiblichen Schriftstellertum und der daraus resultierende Schuldkomplex hinsichtlich des Schreibens führte bei Autorinnen immer wieder zu apologetischen Argumenten – so auch bei Ebner-Eschenbach. Sie mußte also für ihre schriftstellerische Tätigkeit eine bewundernswerte Kraft und große Ausdauer aufbringen, um sich über die tiefverwurzelten Vorurteile ihrer eigenen Klasse hinwegzusetzen. Ebner-Eschenbach wehrte sich gegen eine Haltung, die für Frauen immer wieder das Naturgesetz heranzog, und beneidete ihre schrei-

12 Reichard (s. Anm. 4), S. 98–103.
13 Tagebucheintrag vom 22. Juli 1873; zit. nach: *Tagebücher*, Bd. 2, S. 199. Mit dem Lustspiel ist *Männertreue* (Wien 1874) gemeint.

benden Geschlechtsgenossinnen in Frankreich und England, die mit mehr Verständnis und Unterstützung rechnen konnten: »Wie aber, wenn die Frau in erster Reihe ein menschliches und erst in zweiter ein weibliches Wesen wäre? wenn sie ebensoviel individuelles Leben besäße wie der Mann, und der Ergänzung durch ihn nicht mehr bedürfte, als er durch sie und wenn es doch möglich wäre, daß ein wirkliches, ein großes und der Expansion fähiges Talent auch in einer deutschen Frau zur Erscheinung käme? Nehmen wir das einmal an und sehen wir zu, was daraus erfolgt. Talent ist nur ein anderes Wort für Kraft. Eine Kraft aber muß sich äußern und diese fragt nicht danach, ob ihm willig oder widerwillig Gehorsam geleistet wird. Von der Frau, die ein Talent besitzt und es ausüben soll, fordert man ganz einfach, daß sie sich einem Naturgesetz entziehe. Man hört nicht auf, ihr vorzuwerfen, daß sie sich an der Natur versündigt, wenn sie ihrer Natur folgt.«[14] Es war für die schreibende Ebner-Eschenbach ein ständiger Kampf, Anerkennung für ihre Tätigkeit zu finden. Dieser Kampf wurde noch durch die wiederholten Mißerfolge auf der Bühne erschwert, die ihren Versuch, eine erfolgreiche Dramatikerin zu werden, vereitelten. Selbst bei ihrem Mann Moriz, dem hohen Offizier und erfolgreichen Militäringenieur, traf sie allmählich auf immer weniger Verständnis. Er wehrte sich dagegen, seinen Namen »mit Geringschätzung u Spott in den Zeitungen genannt«[15] zu finden. Erst sehr viel später gelang es Ebner-Eschenbach, mit den Dramen *Ohne Liebe* (Premiere am 29. April 1898) und *Am Ende* (Premiere am 13. September 1900) wieder und auch mit Erfolg auf dem Burgtheater aufgeführt zu werden. Aber zu dieser Zeit hatte sie sich als Erzählerin bereits einen Namen gemacht und war berühmt geworden.

14 An Emmerich du Mont, 20. Dezember 1879, zit. nach: Bettelheim (1920), S. 277.

15 Tagebucheintrag vom 18. Mai 1874, zit. nach: *Tagebücher*, Bd. 2, S. 264. Vgl. auch die Einträge vom 4. April 1873 (ebd., S. 178) und 29. April 1866 (ebd., Bd. 1, S. 93).

Das Jahr 1873 brachte eine Wende in den Intentionen der Autorin. Sie gab ihre dramatischen Ambitionen nicht ganz auf, aber sie konzentrierte sich nun auf die erzählerischen Dichtungen. Damit fand sie bald Erfolg, z. B. mit der 1876 erschienenen Erzählung *Božena*. Den Durchbruch erzielte Ebner-Eschenbach mit der Erzählung *Lotti, die Uhrmacherin*, die 1880 in der führenden Monatsschrift *Deutsche Rundschau* erschien. Mit Julius Rodenbergs begeisterter Aufnahme dieses Werks begann für die fünfzigjährige Ebner-Eschenbach eine Zusammenarbeit mit dem Herausgeber dieser Literaturzeitschrift, die bis zu ihrem Tode anhalten sollte. Neben den *Aphorismen* (1880) fand sie besonders mit den *Dorf- und Schloßgeschichten* (1883), den *Zwei Komtessen* (1885), dem *Gemeindekind* (1887) und den Kindheitserinnerungen *Meine Kinderjahre* (1906) Anerkennung. Trotz ihres Erfolges und des Lobes von bedeutenden Persönlichkeiten des literarischen Lebens wie Julius Rodenberg, Gottfried Keller und Paul Heyse mußte sie sich noch 1892 von letzterem sagen lassen, daß sie aufgrund ihrer übermäßigen Bescheidenheit gegenüber den Verlegern den literarischen Markt ruiniere.[16] Ganz selbstverstandlich ordnete sie sich wiederholt den Schriftsteller-Kollegen unter.

Als erster Frau wurde Ebner-Eschenbach im Jahre 1898 das Österreichische Ehrenzeichen für Kunst und Wissenschaft und zu ihrem 70. Geburtstag im Jahre 1900 das Ehrendoktorat der Universität Wien verliehen.[17] Erst kurz vorher – im Jahre 1897 – war es den Frauen erlaubt worden, sich in der philosophischen Fakultät der Universität Wien als Studierende einzuschreiben. Die Ehrendoktorwürde für Ebner-Eschenbach schien damit auch den Frauen eine intellektuelle Fähigkeit zuzuerkennen, denn Ebner-Eschenbach selbst wäre ja in ihrer Jugend der Zutritt zur Universität noch nicht gestattet worden.

16 Vgl. Rossbacher (1992), S. 108.
17 Bettelheim (1920), S. 240, und ders. (1900), S. 245–247.

Obwohl Ebner-Eschenbach keiner literarischen Gruppe angehörte, pflegte sie zeit ihres Lebens engen Kontakt mit anderen Schriftstellerinnen, wie z. B. Louise von François (1817–1893), Enrica von Handel-Mazzetti (1871–1955), Malvida von Meysenbug (1816–1903) und Betty Paoli (1814–1894). Von Lou Andreas-Salomé (1861–1937) wurde sie sogar in die Entdeckungen Sigmund Freuds (1856–1939) eingeführt. In vieler Hinsicht kommt diesen Beziehungen neben dem literarischen Verkehr mit ratgebenden Männern »eine frauensolidarische Bedeutung«[18] zu. Ebner-Eschenbach schloß sich nie der Frauenbewegung an, trotzdem war sie ein bewundernswertes Vorbild für andere Frauen. Das zeigt z. B. ein Dankschreiben, das aus Anlaß ihres 70. Geburtstages von 10 000 Wienerinnen unterschrieben und auf der Titelseite der *Neuen Freien Presse* vom 12. September 1900 veröffentlicht wurde. Es war ihr gelungen, eine der bekanntesten Schriftstellerinnen im deutschsprachigen Raum zu werden, was in der ersten Ausgabe der Zeitschrift *Die Frau* vom Jahre 1893 mit der Bezeichnung »unsere erste Schriftstellerin«[19] bestätigt wurde. Die gefeierte Dichterin starb am 12. März 1916 in Wien. Sie erlebte also das Ende der Monarchie nicht mehr.

II

Marie von Ebner-Eschenbach war neben ihren Dramen, Erzählungen und Romanen vor allem auch eine Aphoristikerin. Gerade in ihren Aphorismen wird die in ihrem erzählerischen Werk lange übersehene skeptische und kritische Einstellung deutlich. Hier zeigt sich bereits in den letzten 30 Jahren des 19. Jahrhunderts eine eindeutig emanzipa-

18 Rossbacher (1992), S. 371.
19 Marie von Bunsen, »Marie von Ebner-Eschenbach, unsere erste Schriftstellerin«, in: *Die Frau* 1 (1893), S. 29–35.

torische Haltung. Sie bezog sich direkt auf zeitgenössische Fragen der Emanzipation und der Gleichheit der Frauen.[20] Aphorismen wie »Als eine Frau lesen lernte, trat die Frauenfrage in die Welt« und »Eine gescheite Frau hat Millionen geborener Feinde: – alle dummen Männer«[21] sind berühmt geworden. Es ist bezeichnend, daß die frühe Frauenbewegung sie als Beispiel anführte. In der Ausgabe der Zeitschrift *Die Frauenfrage* vom Jahre 1916 heißt es: »Wir grüßen sie nicht als Kämpferin, aber als Siegerin auch für die Frauenbewegung«.[22]

Wenn man das Gesamtwerk betrachtet, entdeckt man ein erstaunlich vielfältiges Personal: Wohl ist die Aristokratie besonders ausführlich geschildert, aber auch der Handelsbürger, der solide Handwerksmeister, der kleine Staatsbeamte und Domestiken sind vertreten. Das Dorf kommt in seiner sozialen Struktur vom Großbauern bis zu den dörflichen Unterschichten vor. Außerdem spielen das Militär, Ärzte, Geistliche, Gouvernanten, Hauslehrer und Künstler eine Rolle. Es fehlt nur das Industrieproletariat. Zeitkritik wird eher in der Reaktion der Figuren auf ihr soziales Umfeld deutlich als in einem direkten Bezug auf konkrete geschichtliche Situationen und Ereignisse.[23] Auch Symptome einer nicht mehr intakten Gesellschaft sind bei Ebner-Eschenbach zu finden, wie in der Anmaßung der Herrschenden gegenüber den von ihnen Abhängigen und in dem Fragwürdigwerden traditioneller Bindungen und Normen. Dabei sollen Veränderungen »beim Individuum, nicht bei Institutionen, nicht beim Kollektiv«[24] beginnen. Die Autorin kritisiert die zeitgenössischen Vertreter sozialer Institutionen, hält die Institutionen selbst aber für erhaltenswert.

20 Vgl. Mieder (1993), S. 105–114.
21 Zit. nach: Ebner-Eschenbach, *Das Gemeindekind, Novellen, Aphorismen* (1956), S. 888 und 875.
22 Anna Brunnemann, »Marie von Ebner-Eschenbach«, in: *Die Frauenfrage. Zentralblatt des Bundes deutscher Frauenvereine* 18 (1916), S. 5.
23 Aichinger (1972), S. 485.
24 Rossbacher (1992), S. 121.

Ebner-Eschenbachs Werk ist keine sozial-revolutionäre Literatur. Im Vordergrund stehen Qualitäten des Einzelmenschen wie Bildung, soziale Verantwortung, Aufrichtigkeit, Treue und Güte. Die Repräsentanten dieser Verantwortlichkeit, Aufrichtigkeit und Treue sind oft Frauengestalten, wie die Titelfigur in *Lotti, die Uhrmacherin*. All dem liegt eine starke Betonung der Vernunft des Individuums und seiner Willensfreiheit zugrunde. Und diese Vernunft ist letztlich verbunden mit der optimistischen Vorstellung eines Fortschritts des Humanen.

Die Frauen in Ebner-Eschenbachs Werk sind in den meisten Fällen auf den häuslichen Bereich beschränkt. Sie dringen in den seltensten Fällen in Bereiche des Mannes ein (als Ausnahme kann die Titelheldin in *Lotti, die Uhrmacherin* gelten). Sie versorgen sich auf eine Weise, die den Grenzen des gesellschaftlichen weiblichen Rollendenkens der Zeit entspricht. Trotzdem handelt es sich dabei zum Teil um aktive und handlungsstarke Frauen, was allerdings weniger auf die Aristokratinnen zutrifft. Durch das ganze Werk ziehen sich somit Themen, die die Frauen besonders tangierten, wie die Forderung nach Bildung, die Autonomie der Frau, die Ablehnung der Konvenienzehe und der Wunsch nach einer partnerschaftlichen Ehe. Obwohl Ebner-Eschenbach ihre Geschlechtsgenossinnen mit sehr viel Sympathie zeichnet, zeigt sie auch Verständnis für ihre männlichen Charaktere. Im Rahmen der zeitgenössischen psychologischen Vorstellungen schuf sie Gestalten mit typischen männlichen und weiblichen Zügen.[25] Ebner-Eschenbach hat die Rolle der Frau in einer männlichen Welt im Grunde nie in Frage gestellt. Allerdings setzte sie sich während ihres ganzen Lebens für die Anerkennung der weiblichen Leistung und Bildungsfähigkeit in ebendieser Welt ein. Sie sah eine große Gefahr in der oberflächlichen Erziehung der Frau und befürwortete die Förderung ihrer intellektuellen

25 Vgl. auch Harriman (1985), S. 31 f.

Fähigkeiten und eine bessere Ausbildung: »Man fordere nicht Wahrhaftigkeit von den Frauen, solange man sie in dem Glauben erzieht, ihr vornehmster Lebenszweck sei – zu gefallen«.[26]

III

Die kinderlos gebliebene Ebner-Eschenbach betrachtete ihre Werke immer wieder als ihre »papierenen Kinder«.[27] Nach der Fertigstellung von *Lotti, die Uhrmacherin* trägt sie am 15. August 1879 in ihr Tagebuch ein: »*Lotti* fertig. Von allen meinen Kinder [sic] das unter den größten Schmerzen geborene. Wenn es lebensfähig ist, dann hat der Geist einen Sieg über die Materie davongetragen, denn die sträubte sich gewaltig gegen sein Entstehen«.[28] Dieses Bild alternativer Mutterschaft erinnert gleichzeitig an die Problematik des weiblichen Schreibens, denn Ebner-Eschenbach wurde durch den Widerstand ihrer Familie ständig auf das Rollenwidrige ihrer schriftstellerischen Tätigkeit aufmerksam gemacht. In einem Aphorismus stellt sie daher fest: »Es gibt eine nähere Verwandtschaft als die zwischen Mutter und Kind: die zwischen dem Künstler und seinem Werke.«[29] In diesem Zusammenhang ist interessant, daß man immer wieder Züge männlichen Schreibens bei ihr entdeckt hat, wobei aber nicht das Schreiben an sich gemeint ist, sondern das Abweichen von den als typisch weiblich angesehenen Themen.[30] Ebner-Eschenbach war mit ihrer Er-

26 Zit. nach: Ebner-Eschenbach, *Das Gemeindekind, Novellen, Aphorismen* (1956), S. 871.

27 Tagebucheintrag vom 24. September 1889, in: *Tagebücher*, Bd. 3, S. 780. Vgl. auch den Eintrag vom 11. Juli 1867, in: ebd., Bd. 1, S. 193.

28 Tagebucheintrag vom 15. August 1879, in: ebd., Bd. 3, S. 3.

29 Zit. nach: Ebner-Eschenbach, *Das Gemeindekind, Novellen, Aphorismen* (1956), S. 896.

30 Vgl. Rossbacher (1992), S. 369 f.

zählung *Lotti, die Uhrmacherin* sehr erfolgreich und erntete in ihrem schriftstellerischen Bekanntenkreis neben einiger Kritik auch sehr viel Lob.[31] Louise von François z. B. bedankt sich bei ihr für die Freude, die die »prächtige ›Lotti‹« ihr bereitet habe, zumal die Geschichte der Titelheldin sie »nahezu wie ein Kapitel aus dem eignen Leben anmuthete«.[32]

Es geht in dieser Erzählung *Lotti, die Uhrmacherin* vor allem auch um ein künstlerisches Problem. Nicht nur arbeitet Ebner-Eschenbach Grundsätzliches zum Künstlertum heraus, sondern sie verbindet das künstlerische mit einem menschlichen Problem. Außerdem spielen soziale und gesellschaftliche Fragen eine Rolle; denn die Titelheldin ist eine Bürgerliche und der Dichter Hermann von Halwig, der sich mit ihr verlobt, ist ein Adliger. Lottis Beruf wird als künstlerisch betriebenes Handwerk gesehen. Es steht in Kontrast zu dem sich prostituierenden Künstlertum Halwigs. Außerdem wird durch Lotti auch die weibliche Berufstätigkeit reflektiert. Schon der Titel der Erzählung identifiziert Lotti in ihrer Rolle mit einem ernstzunehmenden handwerklich-technischen Beruf. Damit wird die Titelheldin als eine Frau gekennzeichnet, die nicht auf die typische Frauenrolle mit Ehe und Familie beschränkt ist. Lotti zeichnet sich von Anfang an durch ihre beruflichen Qualifikationen und Kenntnisse aus. Es fällt dabei die fachkundige Beschreibung der Uhren sowie das Wissen über die Geschichte der Uhrmacherkunst auf. Hier zeigt sich Ebner-Eschenbachs eigenes Interesse. Sie sammelte nicht nur Uhren, sondern schrieb auch die kurze Abhandlung *Meine Uhrensammlung*. Ebner-Eschenbach wird sogar 1879 von Karl Hartl in der Uhrmacherkunst unterrichtet. Im Jahre 1900 wurde sie dann in die Zunft der Wiener Uhrmacher

31 Vgl. z. B. den Tagebucheintrag vom 4. April 1880, in: *Tagebücher*, Bd. 3, S. 24, und den Eintrag vom 3. Mai 1888, ebd., S. 29.

32 Brief von Louise von François, 8. April 1880, zit. nach: Bettelheim (1900), S. 120.

aufgenommen und 1908 »Fahnenmutter«.[33] An Rodenberg schickte Ebner-Eschenbach 1892 die in ihrer Erzählung beschriebene Duplex-Uhr von F. Alexi & Sandoz frères (29) als Erinnerung an seine prompte und enthusiastische Entscheidung, ihren Text in der *Deutschen Rundschau* zu veröffentlichen.[34] Es war die Uhr, die Lotti ihrem Verlobten geschenkt hatte. In einer Tagebucheintragung gesteht sie: »Fräulein Lotti fängt an, einen großen Platz in meiner Seele einzunehmen. Ich verleihe ihr alle Uhren, die ich selbst gern besitzen möchte.«[35]

Wie in vielen Erzählungen Ebner-Eschenbachs ist auch in *Lotti, die Uhrmacherin* das Familienleben von großer Bedeutung. Es handelt sich um eine mutterlose Familie, die allerdings durch den Ziehsohn Gottfried ergänzt wird. Die familiären Beziehungen in dieser bürgerlichen Familie sind durch gegenseitige Achtung, Sorge und Anerkennung gekennzeichnet. Die bürgerliche Familie bietet damit einen Kontrast zu der adligen Familie Agathes, in der diese primären Beziehungen des Menschen gestört sind. In den Worten des Advokaten Schweitzer ist damit diese adlige Familie nichts anderes als »eine Brutstätte des Vorurteils, das Grab der Nächstenliebe, denn was nicht zu ihr zählt, zählt überhaupt nicht« (104). In dieser Erzählung richtet sich Ebner-Eschenbachs Kritik besonders gegen den dargestellten Adel, obwohl auch das Bürgertum nicht verschont wird. Sie greift damit nicht gerade einen aktuellen gesellschaftspolitischen Konflikt auf; sie orientiert sich eher an Maßstäben und Standpunkten aus der zweiten Hälfte des 18. Jahrhunderts, als bürgerliche Tugenden im familiären Rahmen die Lösung gesellschaftlicher Probleme zu versprechen schienen.

Lottis Vater, Johannes Feßler, ist ein Meister der Uhrmacherkunst, der sein Handwerk über ein halbes Jahrhundert

33 Tanzer (1997), S. 102.
34 Bettelheim (1920), S. 195 f.
35 Tagebucheintrag vom 26. Mai 1879, zit. nach: *Tagebücher*, Bd. 3, S. 2.

lang betrieben hat. Er ist ein überlegter, gewissenhafter und äußerst bescheidener Uhrmachermeister. Übertreibung und ein zu großes Selbstgefühl liegen ihm nicht, und so ist ihm die Freude an der Arbeit wichtiger, als Ruhm und Reichtum es sind. Darüber hinaus ist Feßler ein großer Kenner der Geschichte der Uhrmacherkunst. Seine besondere Freude gilt seiner Uhrensammlung, und diese Freude teilt er mit seiner Tochter. Sowohl Lotti als auch Gottfried sind in dem Handwerk des Vaters tätig; alle drei arbeiten eng zusammen. Lotti ist also in ihrem Beruf fachgerecht geschult und ausgebildet worden. Bezeichnend ist, daß der alte Feßler die Tochter und den Sohn (Frau und Mann) gleichwertig als seine »Berufsgenossen« (17) ansieht. Allerdings ist es Gottfried, der nach London geschickt wird, um dort von den großen Meistern der Uhrmacherkunst zu lernen, und nicht Lotti. Trotzdem legt Feßler großen Wert auf die fachliche Meinung und das erstaunliche Wissen seiner Tochter und zieht sie immer wieder zu Rate, was bei Halwig leisen Spott erregt.

Es handelt sich bei der Titelheldin um eine auf Lebensgröße reduzierte Heldin. Sie hat nichts Außergewöhnliches an sich und ist einfach und bescheiden wie ihr Vater. Trotzdem zeichnet sie sich durch Autonomie und ein für ihre Zeit erstaunliches Maß an Selbständigkeit aus, was nicht zuletzt auf ihren Beruf zurückzuführen ist. Mit ihrem Fachwissen und ihrer selbständigen Tätigkeit unterscheidet sich Lotti kaum von der modernen berufstätigen Frau. Persönliche Erlebnisse und private Beziehungen beeinträchtigen nicht – oder im Fall Halwigs nur vorübergehend – ihr Berufsleben. Nach dem Tode des Vaters bestreitet Lotti selbstsicher ihren Lebensunterhalt und entscheidet über ihre finanziellen Angelegenheiten. Sie wird in der Uhrmacherzunft als hochqualifizierte Fachkraft geschätzt und bekommt wegen ihres speziellen Könnens Aufträge von anderen Uhrmachern. Der Beruf ist und bleibt für sie das konstante und tragende Element in ihrem Leben. Vor allem aber fallen von Anfang an Lottis ausgeglichene Persönlichkeit und innere Harmonie auf. Sie besitzt einen natürlichen Hang, anderen Menschen zu helfen, wie z. B. dem benachbarten Schneidermeister, dem sie das Leben rettete. Sie will mit ihren Nachbarn in Ruhe und Frieden leben, liebt Bücher und besitzt Exemplare aus der Frühzeit des Buchdrucks sowie die Klassiker der Weltliteratur und natürlich Lehrbücher der Uhrmacherkunst.

Lotti bewahrt diese Eigenständigkeit auch gegenüber Hermann von Halwig, dem jungen, verarmten adligen Schriftsteller, in den sie sich verliebt. Die Beziehung der beiden wird zusätzlich dadurch gefördert, daß Lottis Vater Halwig zugetan ist und dieser einen großen Respekt für die Uhrmacherkunst Feßlers zeigt, ihm sogar sein erstes literarisches Werk widmet. Voll Bewunderung gesteht Halwig später ein, daß Feßler das wahre Künstlertum besaß und ihm daher überlegen war: »Er trieb sein Handwerk wie eine Kunst. Wir – treiben unsere Kunst wie ein Handwerk« (73).

Lotti ist zunächst von dem schriftstellerischen Talent Halwigs angetan. Außerdem fühlt sich die unattraktive junge Frau wohl durch seine Zuneigung geschmeichelt. Halwig gewinnt sie im Grunde durch sein literarisches Werk für sich. Er betrachtet sie als seine Muse und verspricht sich von ihr einen heilsamen Einfluß auf seine Kunst. Dabei erkennt er Lotti keineswegs als eigenständige Person mit Urteilsvermögen an. Als Lotti nicht bereit ist, ihm uneingeschränktes Lob zu zollen, führt das zu Spannungen in ihrer Beziehung. Halwig fühlt sich in seiner männlichen Eitelkeit verletzt. Aufgebläht durch seinen Publikumserfolg, verlangt er von Lotti vollkommene Unterwerfung. Diese aber kann nicht akzeptieren, daß Halwig seine künstlerische Integrität dem Erfolg aufopfert. Durch diese Situation wird allmählich das innere Gleichgewicht Lottis gefährdet.

Um ihr Selbst und ihre Autonomie zu bewahren, entschließt sich Lotti, die Verbindung mit Halwig zu lösen.

Dieser Schritt verlangt von der bürgerlichen Uhrmacherstochter enormen Mut, Kraft und Selbstbewußtsein. Denn die Gesellschaft vertritt gegenüber alleinstehenden Frauen eine mißtrauische Haltung, was am Ende der Erzählung durch die Bahnwächtersfrau ziemlich deutlich ausgesprochen wird. Ebner-Eschenbach nennt Lottis Gesinnung in dieser Situation »Entsagungsmut« (47) und wandelt damit das auf Frauengestalten immer wieder angewandte Lebensprinzip der Entsagung ab.[36] Die resignative Entsagung wird mit einem tatkräftigen Aspekt verbunden. Es wird also nicht nur Mut zu einem Verzicht verlangt, sondern auch die Kraft, aus dieser Situation etwas Positives zu machen. Das bedeutet, daß für die Protagonistinnen Entsagung zu einem Weg der Selbsterfüllung werden kann. Entsagung fördert die Bewahrung und Herausbildung ihrer Individualität und garantiert ihre Unabhängigkeit. Das sind Verhaltensweisen, die die Voraussetzung für persönliches Wachstum und für persönlichen Wandel sind. Wie Edith Toegel ausführt, zieht sich das Thema der Entsagung durch einen Großteil von Ebner-Eschenbachs Werk und wird nicht nur auf Frauen, sondern auch auf Männer bezogen.[37] Während aber bei den Frauen die Entscheidung stets auf die Zukunft gerichtet ist und damit ihr Weg eine progressive Richtung einnimmt, bleiben die männlichen Charaktere zumeist eng mit der Tradition des 19. Jahrhunderts verbunden. Somit drückt sich für Ebner-Eschenbach in der Entsagungshaltung auch die Fähigkeit aus, sich auf die sich verändernden sozialen Umstände einzustellen.

Lottis Trennung von Halwig ist keine endgültige, denn sie trifft nach fünfzehn Jahren wieder auf ihn. Er hat in der

36 Vgl. z. B. Margaret E. Ward, »›Ehe und Entsagung‹. Fanny Lewald's Early Novels and Goethe's Literary Paternity«, in: *Women in German Yearbook* 2 (1986), S. 57–77; Christa Bürger, »Johanna Schopenhauer oder die Entsagung«, in: Chr. B., *Leben Schreiben. Die Klassik, die Romantik und der Ort der Frauen*, Stuttgart 1990, S. 53–79.

37 Toegel (1992 a), S. 141. Vgl. auch Aichinger (1972), S. 485.

Zwischenzeit eine attraktive adlige Frau geheiratet. Agathe liebt ihren Mann, aber sie versteht ihn nicht. Sie ist Kind und Vamp in einem und versucht, Menschen zu manipulieren. Halwigs – nicht zuletzt durch sie mitbedingte – Entwicklung zum Sensationsschreiber gibt dabei Gelegenheit, sich mit seiner Kunstauffassung auseinanderzusetzen. Er ist als Künstler Kompromisse eingegangen und hat sich dem Geschmack der Zeit verschrieben. Er ist ein Sklave des Luxus und dadurch auch ein Vielschreiber sensationslüsterner Moderomane geworden, der den adligen Lebensstil seiner neuen Verwandten nicht sehr erfolgreich nachahmt, aber doch das Verhalten des Adels kritisiert. Sein teurer Lebensstil führt zu Schulden, die ihn dazu zwingen, das Verlobungsgeschenk Lottis zu verkaufen.

In der für Halwigs Künstlertum aussichtslosen Situation fühlt sich Lotti dazu aufgerufen, die Hüterin der Kunst und die Retterin des besseren Halwig zu werden. Sie entscheidet sich, die von ihrem Vater geerbte wertvolle Uhrensammlung zu verkaufen. Es ist ihr einziger Besitz, aber finanzielle Sicherheit und die damit verbundenen Privilegien sind für Lotti nicht ausschlaggebend. In einer Tagebucheintragung wehrt sich Ebner-Eschenbach gegen Fanny Lewalds Kritik, daß »aus schwachherziger Liebe und Freundschaft einem Elenden geholfen wird«. Für sie ist Lottis Motivation »Barmherzigkeit«, d. h., »sie thuts wegen sich«.[38] Es ist aber auch ein Opfer für die Kunst, denn Lotti hat immer den wahren Künstler und sein Werk bewundert. Sie war stolz darauf, Halwigs »künstlerisches Gewissen« (98) zu sein. Lotti stemmt sich gegen den Kulturverfall und bemüht sich ebenso verzweifelt wie erfolglos, ihr Kunstideal mit dem Verkauf ihrer Uhrensammlung zu retten. Aber der Künstler in Halwig kann nicht gerettet werden, denn er besitzt nicht jene Kraft wie Lotti. Daß eine Bürgerliche einen adligen Künstler zu retten versucht, ist eine zusätzliche unzeitgemäße Ironie, gal-

38 Tagebucheintrag vom 9. April 1880, zit. nach: *Tagebücher*, Bd. 3, S. 25.

ten schließlich früher die Adligen als die Wahrer und Gönner der Künste. Ebner-Eschenbach glaubt an eine menschenwürdige Gesellschaft und setzt sich für die Erhaltung von Idealen und Normen ein, die längst von neuen Verhältnissen überholt sind. Dabei wird das Erzählen allerdings problematisch, wie Koopmann überzeugend herausgearbeitet hat, was nicht daran liegt, daß »diese Normen nicht ihre Berechtigung hätten«, sondern daran, daß »die Sprache nicht mehr ausreicht, sie überzeugend zu präsentieren«.[39]

Lottis Opfer scheint vergebens, und doch hat es eine positive Folge, und zwar für sie persönlich. Denn sie findet Glück und innere Zufriedenheit. Sie heiratet Gottfried. Es ist eine Ehe, die eher auf einer geschwisterlichen als leidenschaftlichen Liebe beruht. Damit wählt Lotti die umsorgende Liebe statt der kränkenden oder sogar mißhandelnden Leidenschaft – und sie wählt einen Mann, der ihre Werte und ihre Kunstauffassung vertritt. Aber dieses harmonisierende Ende ist auch kritisiert worden.[40] Lotti geht schließlich trotz ihrer Uhrmacherkunst, ihrer Selbständigkeit und Unabhängigkeit nicht über die gesellschaftlichen Grenzen hinaus, aber ihre Ehe ist eine echte Partnerschaft, die Familie und Beruf verbindet. Vielleicht haben wir gerade hier jene Erzählhaltung, mit der schon Bettelheim die Autorin Ebner-Eschenbach charakterisiert hat und die sie in einem ihrer persönlichsten Werke auf den Rittmeister Brand, den Helden des gleichnamigen Romans, anwendet: »Kein brutales Vorbringen all dessen, was einem eingefallen ist, nein, ein Erfinden während des Erzählens und dabei ein fortwährendes Beobachten des Eindrucks, den dieses hygienische Fabulieren hervorbringt. [...] Jetzt darfst du steigern, spannen, und jetzt mußt du nachlassen, wohltuend und sanft, und jeden Mißton auflösen und verklingen lassen in Frieden und Harmonie.«[41]

39 Koopmann (s. Anm. 2), S. 175.
40 Rose (1994), S. 91.
41 Zit. nach: Ebner-Eschenbach, *Kleine Romane* (1957), S. 843; vgl. auch Bettelheim (1900), S. 141 f.

Inhalt